2018
江西
诗歌
年选

刘晓彬◎主编

江西高校出版社

图书在版编目（CIP）数据

2018 江西诗歌年选 / 刘晓彬主编. —南昌：江西高校出版社，
2019.10

ISBN 978-7-5493-8595-9

Ⅰ. ①2… Ⅱ. ①刘… Ⅲ. ①诗集—中国—当代 Ⅳ.①I227

中国版本图书馆 CIP 数据核字 (2019)第 093737 号

出 版 发 行	江西高校出版社
社 址	江西省南昌市洪都北大道 96 号
总 编 室 电 话	(0791)88504319
销 售 电 话	(0791)88517295
网 址	www.juacp.com
印 刷	江西千叶彩印有限公司
经 销	全国新华书店
开 本	700 mm × 1000 mm 1/16
印 张	25.5
字 数	385 千字
版 次	2019 年 10 月第 1 版
印 次	2019 年 10 月第 1 次印刷
书 号	ISBN 978-7-5493-8595-9
定 价	68.00 元

赣版权登字-07-2019-368

前 言

三年之痛挺过来了,但七年之痒最后还是没有迈过去。

七年了,这是我最难写的一篇前言。诗稿在三个月前的国庆节假期就编选完毕,辗转几家出版社之后于 12 月把没有前言的书稿先交给江西高校出版社审查,直至跨年之际,此《前言》还在难产之中。不是产不下来,而是实在太痛了!无论你怎么集中心思,但在寻求出版过程中的无助以及坚持了这么多年不舍的疼痛让你无处着力。

七年了,这个过程是累并快乐着的,更是刻骨铭心的。2012 年,精选了 88 位诗人近 300 首年度佳作;2013 年,精选了 124 位诗人 300 余首年度佳作;2014 年,精选了 138 位诗人近 400 首年度佳作;2015 年,精选了 144 位诗人 400 余首年度佳作;2016 年,精选了 215 位诗人近 500 首(章)年度佳作,其中新诗创作者 200 位,散文诗创作者 15 位;2017 年,精选了 217 位诗人 300 余首(章)年度佳作,其中新诗创作者 190 位,散文诗创作者 22 位,诗论作者 4 位;2018 年,精选了 341 位诗人 341 首(章)年度佳作,其中新诗 311 首,散文诗 30 章。

七年了,这个选本每年都是在变化中的,不是一个模子里刻出来的。2012 年, 在精选诗作之后,对每一位入选诗人诗作进行单独点评;2013 年,在对每一位入选诗人诗作进行单独点评的基础上,增加了诗人简介,附录部分增加了南昌诗坛当年的大事记;2014 年, 取消了对入选诗作的单独点评,同时压缩了每一位入选诗人的诗作数量,均控制在 3 首以内,不再以数量来突出个人;2015 年, 对前三年一直没变的内文版式进行了全面改版,重新设计。两位主编之一的程维先生功成身退,不再担任主编,由原主编之一的刘晓彬先生独立主编。同时由主编对当年的诗歌进行一次全面回顾与梳理,并进行分析与研究,最后的综述文章以代序形式放在诗选的前面;2016 年,正式升级为《江西诗歌年选》,不再局限于南昌地区,同时把散文诗纳入年选的一部分,并取消了附录中的大事记;2017 年,再次对内文版式进行了重新设计,每一位入选诗人诗作均不超过 2 首,在附录部分增加了诗论摘要。同时年度综述文章不再作为代序放诗选的前面而是放最后,并把《后记》修改成《前言》;2018 年,每一位入选诗人只选 1 首作品,同时取消诗人简介以及附录部分的诗论摘要等。

七年了,说长不长,说短不短,一切都将湮没在历史中。如果这七年还能留下点什么的话,那就让诗意的美丽留给记忆吧!

七年了,也该懂得放手了。再有不舍,也总会有别离的时候!

七年了,也该给自己的灵魂放个长假了。前半辈子为别人而活,后半辈子好好为自己活一回吧!

七年了,也该给自己画上一个句号了。当然,对于江西诗歌来说,却永远是逗号,也相信该年选经历过严冬之后一定会迎来春天般解冻的暖意并以其他方式继续延续下去。在此顺祝各位新老诗人朋友在未来的日子里笔健!佳作不断!

是为前言。

刘晓彬

2018 年 12 月 31 日跨年之夜

于南昌靖清轩灯下

目　录

（按作者姓氏拼音字母分类）

散文诗卷

微醉听雨

阿斐

沙沙响的是丽丽

她轻柔婉约如同一首行走的宋词

滴滴答答是小红

她总是欲言又止像满腹心事的晚唐诗

哗啦啦经过是翠花

她大大咧咧远近闻名如质朴直爽的乐府

今晚你们都来了

谢谢你们还记得我

我当然也没忘记你们

只是有一点羞愧

在这美好的失眠的立夏的雨夜

我居然没有醉

居然还保持清醒

以至于眼泪不好意思出去

回忆也不好意思进来

任凭这么多急匆匆如蚁群的情感

溶解在沙沙滴答哗啦中

早餐

阿桂

仿佛有点不合时宜,甚至讽刺
一个乡村诗歌爱好者
为等待采风的文友
早晨七点,独坐城市
公交站台长凳,用老旧的雨伞
遮挡风雨的睥睨
全然不顾,人来车往的喧嚣
专心阅读,手机里
储存的诗句,那半露的表情
比刚才吃下的两个包子,还要
香甜

父亲

阿郎

祖父下工回家后,从梁上取下绳索
那根用来捆禾垛、捆木船、捆不孝子孙的
粗麻绳索
狠狠向父亲抽去

父亲开始还躲,从堂前跑到晒谷场
跑到晒谷场边的柚子树下后
停下不跑了,扶着树
任凭绳索在肩上、在背上、在腿上
划出一道又一道血痕

那时候我八岁,我不知道父亲的父亲
为何要打我的父亲。暮色中
被打后的父亲又自己走了回来
坐在门槛上,一声不吭

五年后祖父死了,父亲请来八仙
也搬凳子从梁上取下绳索
捆起装有祖父的寿材,抬向村后的山冈

之后,绳索又被挂回了
老屋的梁上。那孤零零的样子
引我一次又一次,摸着儿子的头
向故乡凝望

家住市场上空

阿里

我的家就住在市场楼上

市场在一层

我的家在九层

一层又一层,每一片脚板子

每天我能想到我的天压得市场喘不过气来

每一个动植物喊叫,过刀,分割

我都感觉我是刽子手的帮凶

首先是我的家压住它们了

然后它们才成了屠夫案板上的鱼肉

每当我从一楼经过

我都会幻想自然有百千种逃生办法

这让我觉得

当地球面临崩溃的时候

我们多么像一茬茬菜贩子面前无助的小草

幻想着大逃亡……

夜

敖笑之

点燃一支香烟

看星星在烟头　忽明　忽灭

时光跳跃　像调皮的孩童

一闪　一晃

就躲进了黑暗中的往事

无处寻觅

连同丢失的

还有青春的希望

和真爱的梦想

它们都在长长的烟灰

变黑　又变白

我腾出右手

像曾经插秧一样

聚拢拇指、食指和中指

捏紧烟头

把无尽的黑　摁进黎明

白露

敖勇珠

突然就
对视上了树上的叶子。

风中,它更紧了紧更黄了的衣服,
我扭了扭
凉意又深了一层的脖子。

我们一言不发
我不自在地抻了抻衣领
然后　又不自觉地攥紧了拳头

时光有点白,
身边,秋比我们又前进了一步。

雪崩

布衣

白色堆积在白色上面。被盖住的山峰
仍旧向高处拱起,像冰冷的火焰在燃烧
在这里,黑暗无处藏身
而斜坡是危险的,因为它们
总是隐藏着向下的企图
为了守住这个秘密,时间被冻住,光被冻住
仿佛一切都被白色的荒凉所取代——
这似乎是建立新的秩序所要付出的代价
自由总是在缓慢地消逝中到达
道路被埋住,不可见。从空旷到空旷
寂静越堆越高,六角形的虚空正在消失
呐喊也失去了自己的回声
但一场雪崩终将在命定的时刻来临
并与此前和此后的无数次雪崩有着相同的情形
——自上而下,把高处的白色
搬到了低处

他从山中来

巴山月

在山上，云是轻的，梵音也是轻的
佛前起身之人，胸中仍有执念

鸟鸣清唱于幽谷，苍苔悬布于岩上
林间梅子落，一颗，两颗

更低处有雏菊开，有百合开始分叶
蔷薇含露，一只蝶正练习坐禅

流水化身菩萨，无色无相，度一枚
落叶，来去皆为空，此岸亦非彼岸

他从山中来，不携兰香，不谈过往
只邀清风几缕，拂去一身尘埃

盛夏，遇见蚯蚓

白海

跟一条蚯蚓较上劲
便陷入极度燥热的午后
蚯蚓生活在泥里。总有人不断敲打地面
生拉硬扯，让它现身人间

用心端详。又默不作声埋进泥土
有烈酒，一百次倒进夏的身体
灼伤夜的黏膜，又一百零一次
口吐坚硬的忌语

倘若，我是一条蚯蚓
想被反复无常的路人，捧在手心
或拿去作为大风大浪的鱼饵
凭海水，掠我千遍

桃花，轻落在脸上

包绮霞

世界多好。可以容许哭，容许闹

可以容许哭闹之后的空

可以假借一宿未眠

从手机的挟持中解救出来

放弃一切事物。在白昼里制造黑

要沐浴更衣，还要百合与玫瑰

偌大的床。香气一阵阵袭来

舒展的依次是四肢，眼睛和大脑

这个时段无须"晚安，好梦"

只要在醒之后

你安静地从背后拥着我

看被褥上的桃花

轻落在脸上

叩门

本稿

需要用心看的时候
你睁开了眼睛,阿弥陀佛
门生皆苦

猪门,狗门
牢门,乌龙门
门里门外,隔山隔水

后来,很长一段时间
你说门是实木,是泰山石敢当
或者,是一匹锦缎绣织的
门帘

你真的看错了。它仅仅是一根头发丝
用嘴轻轻一吹,即可弹开的屏障
你,却用了铁锤

维纳斯断臂

程维

维纳斯，我是你的断臂
是你失去的，也是世人看不见的
造物主视为多余的那一部分
我并不是你放弃的，而是你
痛楚的灵魂，我怎么会以此为耻呢
我的痛楚，是美的痛楚，神话的痛楚

爱琴海的阳光，金的发束，白贝壳
这一切也难填补肉体残缺的悲伤
多少年寻找也徒然，多少杜撰
仍相形见绌，只有我明白，我是
维纳斯断臂，我就在这，站在你身旁

你用我，抚摸海，抚摸古希腊神话
和人间草木，我是你的感官
是你波浪般的触碰，与一次次碎裂
这个世界不算好，也不算太坏
你选择化为白色大理石雕像，拒绝冷暖
把卢浮宫当作唯一宫殿
接受游人的瞻仰与爱戴，是因为害怕
再度失去，唯以故步自封保住残身

没有人羡慕你的姿势,也没有人

能够模仿,你用痛苦的残缺

展览无言之美,我既为你惋惜,也为你

抱憾,那失去温度的美,像古希腊

悲剧,你的残缺,奠定了审美的最高准则

却没有谁,愿意放弃抚摸的权利

没有谁,愿意做一块石头,哪怕它

美过所有女人,美过美,美如爱神

维纳斯,你的断臂之所以离你而去

是因为它是活的,选择世俗的爱与肉欲

你失去的,正是我所拥有的,比如粮食和酒

还有舞厅,厕所,卧室,与爱情

卢浮宫,你断臂的尖叫,封存在石头里

我不关注你的美,只关注你痛楚的灵魂

打开

采洱

人间多美景
比如薄暮中的远山
稻田旁缓慢流淌的溪水
老旧的屋门虚掩着
大多数老去的人
都被埋在后山
紧挨着屋子的坟茔
有些已经长满荒草
每一个坟茔都是一个亲人
每一个死亡都是打不开的秘密
凡我所知都成了往事
而我们抵达的
哪一个更真实

光线

蔡诚

远在眼前，一成不变的生活
我静坐不住，青春的希冀
不是祖上的所有，乡亲们中间
也没有出众的佳人，故乡
鸟儿飞得不高，光线只照耀田园
鸡啊鱼儿的，填满整个天空
我无限疲惫这些，我说，母亲
我要出去闯荡，我不再惧怕陌路
母亲接过斟满的烧酒，送行泪珠成行

独自一人，那个初春的黎明
寂静被我甩在身后，北京的人群里
我追逐梦想的洋流，四处赶海
吃苦受难的肉体，如浪涛磨光的卵石
挺在潮中，所有的日子都指向行动
黑夜不只留下无力，还有月光留下的
星星盈满眼眶，有时照亮大海如镜

母亲厮守老屋，一次次看到
一只鱼在她心上游来游去，光线
孤零零的，在万物的怀里挣扎
我们，彼此在远方躬耕，快了吧
重聚时，硕果太阳底下一定如繁星之夜

小村庄

蔡薇琳

爷爷出生的小村庄背倚绵绵青山,山外有山
面朝千亩沃野,小路通大路
村口一棵大樟树根深叶茂,清脆的鸟鸣落满枝头
明媚的阳光洒满村庄的每一棵蔬菜
坑坑洼洼的石板路,摇摇晃晃走着路途遥远的四季
村里人家房前栽桃树、栀子花,屋后茶园绿满山坡
白云飞来,递给农民一条擦汗的白手帕
那时的奶奶着蓝花布衣,扎着倔强的小辫
在雕花的门窗前绣荷花,绣她的美好姻缘
那时的爷爷还是一个挂着鼻涕的小书童
左手一本书,右手还牵着一条勤劳的老黄牛
后来日本鬼子来了,八路军来了
后来爷爷奶奶来到了城里,做了起早贪黑的工人
多少年,他们再也没回到过出生的小村庄
其实,他们只是两株卑贱的蔬菜在城里低价出售
一大一小,仿佛后来的我们
小村庄呀,小村庄,他们回来时已成了一捧灰
仿佛这灰暗的泥土,再也分不出彼此
却拼命地生长出绿色的希望

在路上

蔡伟清

在叙利亚,天空已被炮火烧红

这巨大的锅,水深火热

鲜血已让草木窒息

让石头变硬,让残垣断壁互相猜忌

太多的飞鸟发出死亡的叫声

每一寸土地都在颤抖

饥饿、恐惧拥堵在路上

人们盖着星辰,嚼着往事过日子

熊鹰之争,在这块浸着

鲜血和油腥的土地上撕咬

那些上帝的子民,一手按着《圣经》

一手掐着人心在龇牙

虚构

陈岗

很想虚构一只小鸟
不知姓名　却每天用鸣翠柳的
方言　用彼此心知的
秘密　把我唤醒

很想虚构一只老鼠
我在地下室地铁里　奔波
它在黑暗的角落　胆怯摸索
我们每天老友般　惺惺对视
哪怕是卑微地
偷偷关注与爱着

只想虚构一枚上弦月
像一枚残缺的镜子
照亮我一半乡村
一半城市的尴尬模样
最好　她是一枚弯刀
告诉时间　很多心中的
荒草　可以斩去
但更多的东西　除不了根

伪装

陈建平

阳光不会说话
一声若远若近的叹息
是风
从缝隙中挤出一丝光亮

暗处,蠕动的蜘蛛
编织成一张透明的网
寂静
一场雷与电碰撞的
前夜

面具撕下
天狗也可以温柔
啃下一轮高悬的
明月

茅岩河

陈颉

在一条河,与鱼称兄道弟

会放纵你的美妙,一线天穿插进水里

额头红日,谦卑让开这条通道

河水隐藏的历史,在乌篷船里偷笑

隔着桃花的清香,我无须一一道破

河风吹来,一朵扁担花,这过河的神

壁立千仞,水雾中矜持依旧

灵魂的光阴在浪花肩头慢慢醒来

在这片水域,有一种信仰,木材换盐的江山

号子唤醒开河的隐秘,击穿历史烟云

傍晚,鹰盘峡谷,壮美可以折叠起来

时间是一只酒碗,宿醉船舷,天高云淡

诗歌客栈

陈克

其时,客堂里灯火通明
正高谈阔论

最后一个摸黑前来投宿的人
睡到了檐下一角

他似乎是王维
还不习惯使用微信买单

也无现银
褡裢里暗自发光的一枚圆月
仅是松林通宝

九岭的邀请

陈明秋

谁说瓜果没有生命

刘先生山居的那幅国画

七颗石榴

把头朝向远方

衔两只小雀

向大地俯冲

她们要捡拾山泉边玫瑰

一杯浊酒

何止欢聚

已把九岭装入酒杯

山中云雾,煽风点火

燃烧,不仅仅是朝阳

也许,更有一颗老年的心

举杯吧,高山

我只认识山中落叶

清纯、期待、缓慢

上山跋涉的脚印

可能留不住步痕

可每一步都写满

日历的邀请函

鹅湖书院

陈斯毅

喜欢在午夜
借一整座星空
跟自己下棋,舞剑
射落流星

也喜欢午时三刻
坐鹅湖院落书写白鹅
跟一只蜻蜓飞渡池塘
荡漾涟漪
弄皱一池青天
和白云

门前的座椅,独守千年的静寂
我等了二十番春天,还未见人来
而一千年前,有人已离开

关灯之后

陈太顺

关灯之后就觉得没有窗户
没有墙壁没有门没有屋顶
不知道我在什么地方
什么时候袒露给谁了
密集的黑蝴蝶黑蜜蜂
黑雪花黑蝌蚪如浪涛，一排一排
向我涌来

我醒了，醒在床上很舒坦
不像关灯时突然感到孤寂
黑暗中我悄悄构思阳光
企图从这里回忆白昼
其实白天已经被许多阴影污染
想来想去，也没想出
一点关于阳光灿烂的故事

——就说那轮太阳吧
因为日食
宇宙间不及亿万年前那么干净了
对于阳光下的许多事情
要像提炼诗句那样
推敲，再推敲

在一个具体时间中的蜗牛

陈伟平

如果枝丫不那么光秃
如果一只鸟在枝丫上
落下,随即飞走
一只攀上树枝的蜗牛
肯定会被我忽略

我就不可能去猜想
它的左顾右盼是得意还是惊慌
也不会顾虑
它占据的花果位置
是否会改变一条枝丫的走向
更不用担心
一只鸟随时可能给它致命一击

如果不是因为这只蜗牛的存在
一个自以为是的诗人
怎么也不会在一棵光秃秃的树下
长久地和这个世界,相安无事

很想像朱顶红一样向您汇报荣光

陈修平

母亲，其实我也很想
能像朱顶红的花箭一样
径直上冲，高过所有的叶片
竭力站在尽可能高的地方
向您汇报我的荣光

然而，我一直只是
一棵毫不起眼的小草
于千千万万的草丛中
忙着向下扎根，向上生长
最终只能达到普普通通的高度

母亲，其实我知道
在您内心深处，尽管也期望着
我能像朱顶红一样高高绽放
但您关心我生命的青绿
一定超过关注我生长的高度

我的失忆症得到了改善

陈羽

终于,夜晚铺开了宁静

烦躁的心有了去处

星空里的风也把宁静铺得到处都是

我的失忆症得到了改善

需要记住每天要给花浇水

每天晚上写首诗

每天亲吻最爱的人

最重要的是,放慢脚步

给蚂蚁腾出它的小骄傲

把一枚果实,送到城堡去

圆明园遗址

陈振

焚毁之火燃烧得越旺
清人就越腾空而起

石头遗址越长存
华人就越清醒

西去的风雨
怎么掩盖
也掩盖不了战之罪

现在是上午十点钟
石头记已醒来
一带一路成为地球另一边的风景

早晨，被几片落叶叫醒

陈志坚

冰冷的早晨
被几片落叶叫醒
你安静的面容
把心情书写在大地

于是，我感动了
曾经生机盎然在枝头
又温暖亲近在足边
这一生，轻盈却不轻浮

在寂静无声的早晨
我遥想森林，还有无边的草原
叶生叶落，草枯草长
渺小，却如此静美如哲

在清晨，当阳光和树叶一起洒落
一句句绚丽多彩，含情的语言
我思念生命中每一次的相遇
风起，云生，听时间在慢慢地诉说

回乡偶记

池沫树

我走过老屋的巷子

冷清的风里没有一个人影

我走过通往田野的黄泥路

现在变成了水泥路

没有农忙的人,没有水牛

篱笆上没有昆虫和小鸟

我兀自站着,很长时间的寂静

远处,几个留守儿童、老人和妇女

像树上孤零零的落叶,在微风中摇摆

似乎是村庄唯一的生机

太阳在西山拉着整个村庄试图奔跑

它要把天空拉出血来

我背对着田野

一头牛在我影子里奔出

我背对着村庄

我的亲人在我的影子里点灯

他们在暮色里杀猪

在红白喜事里教我唐朝的诗句

空阔的村庄,总有一些影子

在我心中起死回生

天将黑

春暖水

天还没黑
但山黑了,树黑了,鸟窝是扇黑窗户

路还没黑
但田黑了,人黑了,扛着的锄头也黑了
越来越黑的剪影

那么轻,那么轻地向一缕炊烟
靠近

狗尾巴草

大枪

在此行 3000 里行程的终点,我突然看到
狗尾巴草,这些多年不见的山里的兄弟
虽然之前我还看到芨芨草,地榆,裂叶蒿
野豌豆,唐松草,歪头菜,花苜蓿,还有驴蹄草
但狗尾巴草的出现,仍然让我心神大乱,让我
语无伦次,让草本和木本开始乱伦,狗尾巴
草!多么有体温的词汇,多么,内蒙古
它曾经的领袖,早在 13 世纪,就用铁骑向世界
秀过肌肉,此时,世界早已经没有成吉思汗
他是高贵的蒙古王(当然,在草原,没有一棵草
不是高贵的),这里只有触手可及的狗尾巴草
半举着它们的旗帜,既不下垂,也不坚挺
只让种子跟着风飞行。我只想像个同类
抚一抚它们,并不奢望和整个草原发生反应
草原是成吉思汗的女人,我不关注这些
我眼里只有狗的尾巴在起伏,像 18 岁那年
我的尾巴在起伏,其他的一切都是视觉盲点
草原也和世界其他地方一样拥挤而孤独
草拥挤到看不到草,就像人拥挤到看不见人
但我们依然能发现彼此,这是情人才有的体验
躺在它们中间,阳光亲切地阅读着我们
狗尾巴草,像月嫂的手,让我的身体温暖安静
让世界温暖安静,这一刻,世界停留在我的童年

旧塔

戴逢红

灰色的僧塔

和对面的西峰岭

在漫山浓郁的青翠中

端坐不动

一条山溪

长年传递它们

对峙坐禅的消息

让尘世知晓

谁为苍生

谁为佛祖

刘杨秀的自行车

戴小宝

我有蜡彩笔，也画不出这样一双
把岁月和明月开在一起的眼
分不出这圆，是车的
还是你的，你的瞳仁转了一圈
辐条上就沾满了春天的雨水

蹚过大半辈子的苦，该断的都断了
蹚过山地，前方并没有小平原
再次握住你的手，是因为
我有炽热的血管，也焊不出这样一根
把车轮和年轮系在一起的链

我们吻过的女人

邓涛

我们吻过的女人坐在草垛上

枯竭的嘴唇失去了春天的水分

请谅解我们过于宏大的叙事

我们再没有气力将理想的巨石又一次推到高处

我们终究是一种秩序下被驯化的动物

等你长发及腰,人生却仓促地老去

那些高傲的青春进入到乏味、雷同的日常

时光寂静得像一轮岁末的太阳

买菜、洗衣、拖地、煮饭……

根据生活的公式演算柴米油盐

我们没有下辈子,所有的爱情像虚构的往事

古老的谎言在平民的编年史里索然无味

我们一直在悔罪

清扫着岁月的战场溃败下来的秋景

和月亮、雨丝一起,在天堂和地狱之间

想起那些我们吻过的女人

意外

邓泽良

"有人溺水了！"
不远处传来呼救，
把一对沉湎梦幻的
恋人拉回现实场景中。

湖水幽谧、澄明
不含一丝纤尘，
却滋生致命的险情；
带着对美好事物的神往
他义不容辞地去了。

而她惊在了湖滨。
丰腴、妖娆，
洗去小朋友身上淤泥。
这尘世的痛苦和恐惧
她将萦绕一生。

我在深圳奔波了多年

丁秋平

在深圳，我每日奔波着
去写一篇篇生活的文章
新的一天都是空白的一页
我围绕理想这样的主题
展开日常情节
——上班，恋爱，挣钱……
一个个日子就写满大事小事
刊登在
街市、工厂、租房和路上
有时奔波陷入了困境
就像写小说时行文艰难不前
不容易啊
我在深圳奔波了多年
人生的篇章没有大喜大悲
却也情节跌宕，格调昂扬

致阿赫玛托娃

丁群

客居尘世的花瓣
映照玫瑰色的诗行
俄罗斯的安娜，手提忧郁的花篮
在涅瓦河漆黑的水面行走

刘海像一片初生的嫩草
温柔地盖住天使的额头
明丽中有魔鬼的印痕
以及牧笛的清音

夜晚，游荡的魂灵
等待缪斯的降临
风中战栗的双唇
传唱苦难的歌声

月光宠爱教堂褐色的圆顶
白雪如钻石般闪亮
在白桦林中眺望的女人
头戴灰色的头巾

隐居的火光

丁艳

山径上的黄花不都是野菊花
没有蝴蝶的瀑布边
痴迷山水的子安已经走失了几百年

他们坐过的石头上
现在坐着树影、蝉声
以及一直在刮的风和哗啦啦的水

福山寺没有大门，这样多好
不森严无情，不拦着一颗自在的心
不挡云起云落，不挡星光月光
不挡燕子飞去飞回

佛号在福山顶上盘旋
凡间的路日日清扫，洁净如舍利子
灰白，布满细小的裂纹
隐居的火光里，他身影越来越瘦

小巷深深

丁愈峰

老家的巷子，很长
从春走到秋，从夏走到冬
向深处延伸
没有一丝的孤独与寂寥

老家的巷子，顶上檐靠檐
一缕炊烟呛醒巷子
此时，巷子两旁的石凳
磨出天地间的精华

老家的巷子，很普通
泥土铺成的路
被踩得光滑而明亮
踩出了童年深深浅浅的梦境

夜深时，老家的巷子睡眠更深
我带着梦想独行远方
与巷子挥手，没有回头
我怕听到巷子深处的一声叹息

卖玉米的老人

范剑鸣

从田野到街头,老人每天看着它们成长
苞衣张开,缨穗变红,杆子升到
阳光指定的高度,籽粒吸吮天地间
神秘的元素,只为了在今天的早市上
给菜篮边真诚生活的人
一个成熟饱满的微笑——但是
这个严谨的生活逻辑,被一张大面额的
假钞打断。老人的脸
像剥下的苞衣,空洞而苍白
又像剩下的玉米,重新鼓起岁月的馨香
他挑着担子离去的时候,并没有想
那些好心人的劝慰。他只是想着
那几根玉米,和那个用假币者
如何在这个收获的时节里平安相处

奶奶

范梦雅

每当听闻　村里的高龄老人　生病
奶奶都会拄着拐杖　颤颤巍巍　去探望
村里像她这样的老人　越来越少
奶奶的伙伴　也越来越少
她的手脚　会不由自主颤抖
眼睛里有片灰云　使得双眸不再清澈
就连声音　也逐渐消失在她的耳畔
她已经无法出门
好在邻居老爷爷　每天都摸索着　来看她
两人静坐　并不言语
突然有一天　老爷爷不来了
奶奶灰色的眼睛里　泛起了浊泪

小薇

房东

去超市买菜
一首叫《小薇》的歌
弥漫了我的心口

我不是这个意思
拿起一把豆角
小薇就是种豆角的姑娘
拿起一块肉
小薇就是养猪的好手

我也不是这个意思
小薇是我的初恋女友
她一定要嫁给我
把苦日子过得有滋有味
把爱情熬到白头

我的故居

冯冬顺

奶奶早就离开了

我也乔迁多年

我常来看看

门,悠扬温泉

锅碗瓢盆的热度

也在耳边

墙上沟壑越来越深邃

隐情如烟

这里是地下联络站

离情不断连

一条流着忧伤的河

冯梅

那一刻，让我触目惊心。一条河
竟以裸体的方式伸躺着四肢
它那赤裸裸的身子，有一位画家在临摹
有一只水鸭焦急地寻找她失散的儿女
有一只老鹰在搬运她的财富
有一只野狗贪婪地舔舐着她倒伏的芳香

我是个乡下人，不懂
欣赏这样的艺术和杰作
我用十指蒙住双眼，不忍心再看
其实，我应该理解一条河的忧伤
她十里外的母亲，照样衣衫褴褛
穷途潦倒。与她血脉相连的姐妹
也哭不出几点泪。她的祖母
提着空荡荡的身体，站在岸边的风里咳嗽
咳出了，五脏六腑

真不敢想象，一条河
会有如此的沧桑
而我那几声悲悯的呼唤，超不出
这条河的范围

自行车有话要说

付鹤鸣

实话实说

婚后第一百八十三天

我的婚姻走到了尽头

且不说是谁的过错

那天骑车去武宁县城

当然,车是结婚时妻作为陪嫁买的

也许这辆自行车

憋了一肚子话

看到我如此决绝

却又无语了

待我从民政局领了离婚证

像小鸟出笼似的骑上自行车

没想到,还没骑到半路

这辆比我有骨气的自行车

竟然以断链的方式

向我讨回了公道

我感到我的身体是一把镰刀

高聪

我感到我的身体是一把镰刀
漂在河水中央
拦住过河的老虎和花豹

我感到我身体中的河水夹杂着泥沙
变得混浊无比
渡过河的老虎和花豹
在岸上晾晒骨头

黑骨头,白骨头
豹子的花骨头
阳光下使我显得笨拙无比
漆黑无比

河水中
我感到我的身体是一把生锈的黑镰刀
再也砍不进动物流血的肉体

枕流石

高发展

十八岁时,我枕戈待旦
脱下军装后,几次看白鹿洞书院
总想,比较枕戈与枕流不一样的感觉

山谷,学院,清晨,清流从青石上流过
读书累了,朱熹的弟子稍微躺一会儿
别有洞天,赏燕舞观行云听流水

诗的画面,枕流石
北宋的意境千年抹不去

桥上桥下喊话
你闯入我的镜头了
一声对不起,让开有温度的枕流石

梦幻,梦想的白马王子
做梦没想到,庐山恋从这里悄悄起飞

唯有湖水静默如谜

龚国平

我的忧愁又加重了几克
房价还在涨，像顽强的野草
看病又难又贵了，又有熟人走了
学习教育更像是收割机
我已无心仰望霓虹和星空
我的灵魂已迷失在都市的柏油里
人群踏，自己也踩
而我始终找不到太多的内容

我的呼吸越来越紧促
城市变了，像多变的天气
故乡变了，已找不到黄昏后回家的小溪
村里的人变了，越来越陌生了
亲朋好友也变了
我像热锅上狂躁的蚂蚁
需要一些清凉和辽阔来醒脑
目光如炬，我快被烧毁

时间早已将我遗忘
我将自己投入一片湖水
像一块石头一样
击伤月亮的孤独与疼痛

星星被鱼儿吞噬,有了海的苍茫
季节宣导着自己的情绪
通过阳光的缝隙搅动着岛屿
所有的悲欢离合都找到了自己的意义
我还在人群迷茫,我还在梦里迷茫
唯有湖水依然静默如谜

忏悔

龚杰

没打一声招呼
三间平房，被挖土机连根拔起
连根拔起的
还有祖先的印记
和如缕的乡愁

父母很自责
总觉得世代传承断在他们手里
他们常满眼热泪
像两个忏悔的孩子

每当回忆过去
讲到大集体，讲到耕田收禾
讲到那张老旧的八仙桌
他们的声音总是很小
小到最后戛然而止
生怕一丁点声音
也会惊醒列祖列宗

客家清明

郭豫章

薄暮时分
对江排周边的山岗
天边的铅云不动
我也不动

与凋零的桃花邂逅于
一个乡村的隘口
四月轻掩门扉
豌豆花无风轻曳

乡愁原路返回
乡思坐北朝南
辽阔的乡野被辽阔的乡情覆盖
河流正带走一些久远的事

别去打听那些马不停蹄的忧伤
此刻我的心已装满故乡没有蛙声的春夜
已装不下别的什么

父亲被种在地里

郭海清

父亲被种在地里

整整二十年了

二十年来，地里没长出父亲

只长出深深的遗憾

一九九八年十月二十七日的早晨

我放假在家

父亲问我要不要带钱回学校

我低着头没有作声

父亲读懂了女儿的沉默

硬塞给了我两百块钱

父亲一个月的汗水全压在了我的手中

我整个人沉甸甸的

父亲骑着自行车去林场扛树

他弓着背，瘦小的背影更加单薄

我没想到这是父亲最后的背影

他在扛树的时候摔倒，被树砸中头部

头骨断裂。我赶到医院

父亲已被宣布死亡

他静静地躺在那里，头上

被血染红的纱布扎着我的心

脸部青肿,再也不是我所熟悉的父亲
我握着那双早晨塞给我生活费的手
还残留着温暖

那年我十六岁。父亲三十八岁
二十年过去了,我强烈地感觉到
三十八年的人生太短暂,短得马上
我就要迈过这个年龄

清明时提着一篮子的思念
和沉重的心情
给父亲上坟
父亲的坟头很小很挤,就像他生前
总是把自己放在家里最不起眼的角落
点燃一支烟,放在碑前
我的眼朦胧了
这个节日里女儿献给父亲的供品
来得太晚了,我想起曾经对他的承诺
早已发霉

下雨了,我坚持不打伞
我脸上所有的湿润
都不需要再解释

土戏台

海尧

当明月高悬
明镜里
看戏的人，纷纷散尽

土戏台还在高声
演唱着
昨天的故事

一幕卷起了尘埃
另一幕降下溪流
分不清是哪一条瀑布
千里流泻

月光揉碎的村庄
梦中的呼唤
沿竹篱笆上的藤条
蜿蜒

牵牛花

韩峰

都是牧童,她没把牛当马骑
她总是牵着牛
走田塍,过水沟
她的影子,有时高过田坎
有时高过牵牛花
记不清跌过几次跤
有时因牵牛绳
有时因牵牛花

后来,她长成了一朵女人花
黄昏斜阳外
湿地公园里
她牵着的是父亲
有时用左手
有时用右手

被遮住半张脸的镜子

韩英灿

黑夜从来如此

它吞噬了白天

太阳坠入深渊时

一只猫头鹰轻唤它的名字

月亮在水底游很久了

却迟迟不肯上岸

它不想爬到山上

面对深谷里魑魅的影

而湖水很清

浮云很轻

向阳的山坡倒立水中

只是不完整的视线

夜露从林间滴落

潮湿了大地之心

被遮住半张脸的镜子

照见了另外的半张脸

空地上晒着一片阳光

何海波

在我的车库前面
有一块空地
空地上，常年晒着一片阳光

天寒地冻的时候
门卫，小区里的老人、小孩
还有我年迈的母亲
在这片阳光里
坐着站着
谈天，或者说地

每次经过，我都会出现错觉
这片阳光里坐着或站着父亲
这是我的秘密
不能告诉母亲

卖花的女孩

何连宝

一个女孩
素面朝天
在严寒的冬日
以绚丽和芬芳
从容地　修正
安徒生的
一篇童话

缓缓移动
一道温暖的景观
这情调柔弱
而又坚毅
一阵朔风吹过
艳阳能有多远

端午·莲花

洪锋庆

以墨池的水洗净文字的黑
在茶林吟一首《九歌》,向天问
必须抵达,汨罗江,或问,或语
干越的风包裹着江南,吹入千里鄱湖

如果用粽叶包裹凡心,沉入鄱阳湖底
是不是也能像屈子一样
一丈神剑,就能许天下苍生幸福
是不是也能像湘夫人一样
一叶秋风,以一莲心渡劫

游鱼、艾草、白鹭、江豚、菖蒲
我看见悠悠白云在随风飘荡
擎起一叶荷绿,我看见
江豚正慢慢向我游来
面带微笑

莲花血鸭

洪老墨

莲花血鸭
是一道童叟喜爱的佳肴
吴希奭起兵勤王抵御外侮的故事
被军中厨师刘德林
误用鸭血
从南宋末年
一直翻炒到今天

"七月七,毛鸡毛鸭杀一些。"
不管在何时
或者身在何地
莲花血鸭的情结
已根深蒂固在莲花人的血液中

我不是莲花人
女儿想吃我烧制的这道名菜
我没有买到莲花山里长的脆鸭①
没有买到莲花山里产的茶油
没有买到莲花山里酿的醇水酒
更没有莲花自然清凉的井水
但我用父爱,烧制了一道
散发出"家"味的
莲花血鸭

①意为叫得脆响的鸭子。

你不知道

胡刚毅

你不知道

你的名字香成一朵桃花了！

你不知道

有一位忧郁的诗人

正为你憔悴

这一切你不知道

你或许正静静伫立在村口小溪边

细细地看着自己的影子

颤动在层层涟漪里

看着一朵白云无声地划过水面……

而此刻他正徘徊在一处湖边

低吟一首献给你的诗

你不知道

他想在坦荡的平原

制造一座奇峰

你不知道峰巅上有人在眺望你

有一天

他炽热的爱啊闪耀时

你不要以为那是一轮红日呢！

我所面对的人间

胡海荣

人间让我再一次心怀警惕
曾经不设防的春天
已越过家乡朴素的墙头
变成冬季讨债的冷风

那些心藏着乌鸦般的雨水
落在我干净的肌肤上
像生锈的刀锋

面对你眼腔长出利势的雷霆
面对你疯狂充满火药的嗅觉
以及你日渐消瘦善意的幌子

我不得不——
要抓紧自己发烫的肋骨
在我坦荡的肉身里站稳

光脚毕业歌

胡亮平

是的,我很年轻　我很无礼

我光着脚丫在众目睽睽里

走上镁光灯闪烁聚焦的红地毯

从校长手中接过了那个火红的本本

——毕业证书

没有打战　没有发抖

我不懂什么叫坚强

全靠内心里勃发昂扬的一口气

死撑全场——

我不想像我的父辈　祖辈那样

每个月农历的初一　十五

噼噼啪啪放一通鞭炮　敬列祖列宗

每个月农历的初二　十六

又噼噼啪啪放一通鞭炮　敬财神关公

我要把命运踩在脚下

哼哼　我年轻　我把发财树种在马路边

长得高大挺拔收获一路绿荫一路光亮

不想在温室里成长

最后枯萎腐烂与死亡

我要飞翔　翱翔蓝天……

玻璃人

胡锹

这个五月的下午

我要感谢自己

拉开我命运的窗帘

金斯堡说

多么有幸我们有着这样的窗子

透明的玻璃

我要说这个时刻

我是一个玻璃人

我一无所有

而通过所有

小区反光着五月阳光的白墙

——扑面而来

通过我的身体

我感觉我就是时间的风口

墙上的窗

留了下来

于是我有了这么多人间的窗子

这么多的玻璃

我是这么多的

玻璃人

这么多的客厅这么多的水果

一个个大镜框里的男女主人

——通过我的身体

我在放过

一切事物

客厅里还有一个最后的窗口

玻璃窗外

只有天际

只有地平线——

不安之书

胡杨

犹如灰烬中的最后一粒星子
逝去的花园被重新燃上热情

而陷于寺庙、戈壁的前世
诡异与明亮　以及被阉割的嚎叫
似乎同我有着不无关联的交集

夜色中　灵魂被拐进一扇窗内
而后　交出懵懂与忐忑

那些从夏天开始的阅读
以及在秋天加剧的深吻
谁比我更懂得幸福与悲欢的险情

而挂满纯情及青春的火种
以及日后的精神地图及抽象
从春天开始　我怀揣不安和逃亡

一口井

胡粤泉

我在内心悄悄挖出了一口井

把对你思念的点点滴滴汇成一汪井水

没有任何声响，你不知道

有一个人默默地爱你

这么清、这么深、这么纯

只是当你如一弯月步入天穹

我才一下子惊喜地把你揽入怀抱

可你不知道，有一个人默默地爱你

我不会说，即使井沿的厚嘴唇

长满青苔，也不发出声音

只怕有一天，一只小猴子

看了看井中，惊呼"月落水了"

唤来一群猴子水中捞月

将我怀中安睡的月撞碎

碎了是我的心，而你仍不知道

石

湖拮

很多东西改变得了称谓，却
改变不了属性。能够站立在悬崖的
不一定就是石头，也许只是硬化了的土质
我从它占据的潭底里看到了
死水，活树和一具具毕恭毕敬的身躯

他们在某个年代死去了，又
活过来。日月同辉的时刻
他们又撑起天空。我望着那些活着
却死了的东西，再一次无泪

石头，石头，在一阵暴风雨之后
长成了木头

中国河（长诗节选）

黄春祥

1

写下这个标题时

我听见涛声澎湃，犹如万马奔腾

一段熟悉的铿锵有力的旋律在耳边响起

我想到了母亲河——黄河

想到了壶口瀑布，想到了歌曲《保卫黄河》

作为一位从小生长在江南的人

我曾有幸两次来到黄河边

用心感受这条与生俱来奔流在血脉中的河流

零距离与我心灵产生的碰撞

在郑州黄河风景区，我登上小顶山

眺望滔滔黄河

坐在土坎上凝视深思，任心中激情汹涌

17

在河边出生的孩子

天生是游泳好手

他们熟悉河岸的每一棵树、河滩的每一株草

熟悉河里每一条鱼的爱好和性格

他们喜欢挑战涨水的河流

在宽阔、混浊的河面肆意横渡

这时的河流一改往日的温柔

脾气暴躁,不时卷起一个个水桶粗的漩涡
一副要把人活活吞噬的可怕模样
每年涨水季节,都有孩子被水流带走
但弄潮的孩子没有因此减少一个
年复一年,他们在与河水的抗争中逐渐成长

27

这是一座被水包围的城市
东、南、北三面是一条弯曲的大河
西面也是一条河,一条小河
在靠近城市的一段被人工挖宽挖深
成为一座城市湖泊
有水则灵,城市整天氤氲在迷蒙的云烟里
如梦如幻。这座城市的本色就是一座梦城
那座人工湖泊就取名"梦湖"
四百年前,闻名的"临川四梦"就诞生在这里
如今,这座号称"有梦有戏的地方"的城市
做足梦文章,文昌里玉隆万寿宫那古老的戏台
正把临川人的"第五梦"上演得如火如荼

偷穿奶奶的花衣裳

黄吉勇

丹凤眼是古典美女的标配
双眼皮是现代美女的标配
你都具备

你会选择骑马
抑或开宝马
去寻找你的追求者

你也只是偷穿了奶奶的花衣裳
奶奶的花衣裳给你寻找的白马王子
从抚州排到了拉萨

候鸟

黄娟鸣

劈开阻挡你的风声
扩大天空嘶吼的力度
追寻领航者的身躯
拉近,拉近回乡距离

白云,纷飞的纱幔
那是母亲飘动的絮语
一路航行,一路珍藏记忆
一路扫去夕阳西下的余烬

当你静立,宛如风中的化石
映衬湖光,为大地点睛
是谁丰盈了你的羽翼?
又是谁,传播着护鸟者
天使般跨越千年的美名?

当你缩短眼与湖面的焦距
闪电般地投入
再溅起,湖中翻滚的浪花
望眼鄱阳湖畔,花草遍野
鸟的栖息地
绵延着生生不息的生灵

给春天的一封信

黄俊

经过藤萝遮蔽的石拱桥,经过干涸的水塘
经过留守的挂锁、长满杂草的院落
听见一只野猫越过围墙的声音
出走的人,不见归来

山脊的尽头,落日寂静地燃烧
筑土垒石,黑瓦上青烟
是村子的骨骼和温暖。古铜色皮肤,暮光里
缄默成亘古的遗迹

鸟啼在竹林消逝,蚂蚁捧着故土
石子路边,熟透的金橘无人采摘
日子在墙角密织成网

风挤进低矮的老屋,灯影昏黄,晃在老年斑上
灶火噼啪爆裂夹杂着咳嗽,慈爱地摸摸脚边的老狗
劳作的苦痛从指尖烟灰中弹落,檐下柴垛,码得足够高了
可以守望一个春天

石塘小渔村

黄丽英

一个小渔村，用自己恒久的风情，坐落在

自然的山海之间，于是就有了

行走的美和飞翔的羽毛

这里的白云蓝天，这里的一村一街

都是旖旎美景的风向标

那些充满灵性而又有力量的石头

或坐，或卧，或摞起，或铺开……

分明是绵延在时光里，行走的灵魂

大海的牵引是一个奇迹

让每个人的举止和心境，漂泊成一种

沉稳的智慧和科技的力量

电子商务，网上交易，实体经营

一个小渔村走动的声音，在大地上放着光

仿佛是一本氤氲着芳香的幸福词典

山水风光的美，茶余饭后的香

大海的典藏和馈赠，成为一首

充满民俗和风情的歌谣

我们的身影被河风吹散

黄禄辉

在故乡，年少的我
曾经去探访小河的源头
它隐藏在偏僻的山谷
被杂草遮掩，被蚂蚁踩踏
被细微的风声簇拥
我曾经在春天沿岸奔跑
去追寻一条大河的终点
脚步越来越沉重
汹涌的洪水淹没了远方

关于河流的一些记忆
在春天浮起。河流再长
它的宽度也是有限的
我在此岸，有人在彼岸
我们的身影被河风吹散

茅草

黄小军

退无可退的地方,风暴一样的茅草
其实大多时候是很静的

街头的世界史
走不到这里,包括那座就要飘去的村庄

或许最后的山河了
除了偶或的几个乞丐,没有其他人

也有草虫
但都哑巴,发不出声音

也曾出没猛虎
久远年代的事了,尽管虎皮仍在某些地方飘扬

或许也有一条草径
通往某处

风过处
只见一块石头

梦回故乡

江辉生

秋日的一个午后
拖着病体艰难入睡
轰鸣的空调屋里
辗转反侧,叹息
可多么幸运啊
伴着沉重的呼吸
梦里竟然与你不期而遇

梦里,儿时的谷场
门前晾晒着片片金黄
饮尽一碗高粱酒的我
用红色绸缎蒙上眼睛
踏着希望的稻谷
高一脚浅一脚
跳起久违的锅庄

无人观望,也没人喝彩
乡亲们赶着在日落前
把丰收纳入自家的粮仓
我一脚滑倒在梦的边缘
只听一句乡音传来
这是谁家孩子呀
看来走丢已经很久了

落日

江九

即将昏去
目光也迷蒙不清

在山上
在西边的山上
超低像素的火
沿着视觉神经
点燃了秋日的春梦
燃烧吧！燃烧——
不必面红耳赤
不必绞尽脑汁
颈部以上
绝没什么
值得留存

即将入夜
梦也似清醒地活着

街头的夜

蒋进保

今夜的月亮，在原始森林里迷失自我
为了把夜空换成星空——
我努力地用双眼装下街头的灯火
也想过爬上这塔顶。或者对
孤独习以为常
而忘了相对的希望，也是绝对的失望

街头的啤酒瓶正在狂欢，与我无关
黑夜也起了千层褶皱
不管是丛林里迷路的月光
另折高潮
抑或街头的夜归于沉寂
对于它们来说，我终究不过是
擅闯禁地的外来物种

水尾山脚下

金权

他能把红娘唱得俏皮可爱
也能把黛玉唱得梨花带雨
这个脏兮兮的老头
内心到底深埋了怎样的一个世界

十一月既起的寒风
一直吹着公园里的破窗棂
破瓦楞　破屋檐
和这个破败的老头
用软糯的吴侬软语把一生唱得残缺不全
西皮流水　荒腔走板
一阕曲牌　一腔情浓

叶落
无声无息
落叶
无影无踪

南国难得有雪
但今天却雪落有声
且声泪俱下

片段

婧苓

时间将我们的情感

训练成单线的垂直体。以至

拙笨的语言失去了联系。

冬天来临,看我们

失血的唇如何沉陷。

山峰倾斜在灰色

的雾气和网膜里。

像异族遗落的阵地,

具有喀斯特海洋物质特性的记忆。

多孔的岩石上,

野百合、火红的石蒜花

点燃了整个秋天。

在你的余生,梦

一个接一个,涌现在午夜。

墙壁上狰狞的阴影

拼凑出无序的世界。

凝神聆听,鹧鸪声已消逝。

携带灌木和水草气息。

闪耀的低地:

金箔被月光静静吸收。

一个远离的人,

不会说出他的无望,他的深情

拒绝时代的接收。
抛开自怜或对抗,对幻想
的消解,平衡
生活与艺术的误导。
在水波拍击的音节里,
万物隐藏各自内部。
远方压低了边境。被切割的视野
更接近破碎的美感。
那不是青雾山和姚潭,
悬钩子爬上篱笆,
铜锣余音响彻祠堂
被习俗裹挟的乌有之乡。
坡地升起的墓园,
完美的大理石拱门和 74 号门牌
等待归来者的消息。

山房体·流水

迥迥

薄荷的清凉在夜色中荡漾。不见雨
不见空山,更是不见
一株植物如何生长五千年

我们铺开纸砚,让自己流放
在万事万物的倾听之外
仿佛安静才是世界上最大的事物
仿佛四肢长出叶子,我们结成种子

像一株植物一样,我们放弃
庞大的身躯,在光明与黑暗之间
自由穿梭。我们反复临写一笔一画
就像说出许多羞于启齿的话
回想许多一去不复返的场景

而流水古琴,它匍匐不动
消失于寂静之中

秋声

浇洁

鸟的吟唱溅落在泡桐树上，
数千盏塔形蒴果高高亮起，
无边的虫鸣在杂草丛中四周应和。
几朵茉莉静静地扭动着紫色的火焰，
点燃了恣肆簇拥的青绿藤蔓。

秋声打湿了我前行的脚步，
抬起头，无数缕阳光洇染在灰蓝的天空。

躺姿

玖依

时常感谢傍晚的来临
可以放下垂直大地的肉身
坐在湖畔
眼睛与夕阳等高
重心更加亲近地面
与风厮磨于耳鬓

可以平躺下来
与大地平行
与天空平行
仿佛一夜之间
泯灭了冲突与交集

守着莲花的一条鱼

柯辉

我是守着莲花的一条鱼

一洼清水

间或　因雨而浊

感冒一过　目光与生香融合

水声汩汩

心跳动着绿色

皎洁的月光　驮着我越过梦里山河

千里万里

归来　最好的还是家乡这个角落

一翕一张　小嘴

在水面唱歌　清风徐徐

爹娘却已离开了角落和我……

莲花朵朵

袅袅　是我敬上的香火

梦之季

赖建文

又一季

多美好的夏日

热烘烘的原野里

当然

没有雪花

当你行走在

黑夜稀星闪耀的

月色下

已再难觅见

明晃晃的豺狼虎豹

以及

它们显露的脚印

号称那理想的丛林国

深处

最新游荡着

一个

梦

交叉

赖咸院

在安源,几条路互相交叉

向四围延伸,它们像盘踞的老树根

在安源扎根生活,它们吸阳刚之气

也饮萍水河之水

我喜欢那些散落在路上的碎叶

红的,绿的,白的,铺展着

叠加着,以路做床,以天为被

在这片久远而荣光的天地中

与一座山保持同样的方向

与一棵树保持同样的成长速度

至于其他的交叉,我确定是一只鸟

受困于天空的束缚,它还有更多的路径

它的骨骼,它的羽翼和慈悲之心

填满着整个安源的上空

我喜欢这种交叉而又无限延伸的感觉

安源路,关于它的坚硬和隐喻

独怆然而涕下,我俯身向地

试图闻出安源的味道,闻出深藏于此的秘密

我静止,不语,微微闭上眼

钓

岚涛

我在岸上观鱼
鱼在水里看我

我安静守候
鱼悠然游逛

我琢磨鱼咬饵
鱼揣测我收钩

我钓鱼的贪欲
鱼钓我的耐性

粼粼水面
浮漂　起伏敏锐

夜宿山村

蓝天李梦

"啪"的一声
一枚松果落在窗外的小道上

我听到一些细小的声音
像风爬过了矮墙,像南瓜的藤蔓攀上了葡萄架

一枚弯月栖回松树梢
拨亮了松尖上一盏盏露珠的灯盏

用时光的堆积掘一口井

蓝天一嘘

没有力气挑水。就用时光去掘一口井
每天就掘那么一点，不急不慢
把烦恼掘成土丘，养花，种菜
用一根扁担，坐在井口。坐成一尊雕像，吸烟
让烟雾喷出思想，随云流浪。如果有鸟衔走一片
变成雨滴。那是我的哭泣，沉不了海，就让她们
蒸汽。就让她们再次……在风言风语里遗弃

没有力气挑水。就用时光去掘一口井
每天就掘那么一点，不急不慢
把潮湿掘成涓流，浇水，种地
用一个栅栏，圈成一园。圈成一块领地，打禅
让冥思长出翅膀，随心静坐。如果有蝶着情一动
变成精灵。那是我的结晶，上不了天，就让她们
飞舞。就让她们再次……在寒冬冷月里锤音

用时光的堆积掘一口井，让自尊、伤感、情绪
得到收集。只等夜里，泉水偷偷放出

瘸爷

蓝希琳

徒弟搬进城里了,儿子住在城里了
村里的乐手,只留下瘸爷。瘸爷哪里也不去

乡下的野草在疯长。瘸爷说:乡下的空气
被绿叶过滤后,格外清新

瘸爷喜欢在村头的香樟树下
拉二胡,吹唢呐,敲小鼓。村子也不冷清

二胡是帮徒弟拉的,唢呐是替儿子吹的
小鼓是为自己敲的——

听众很多。树上的鸟雀,留守的柴狗
路过的太阳,瘸爷也算,草与树都算……

檐下

老城

白刃最终还是从霹雳中亮出了它的底牌
苍茫成为一种景色的修辞
许多事物快速失序
流言被迫撤退

这一次,它有饱满的衣钵和持久的耐心
万物俯首,跪呈昨日的亏欠
似乎有许多暗语
藏于宣泄

在檐下
此时没有飞掠的剪羽可以擦裰任何黛墨
听她大声呼喊着电话
恳求那些挂念

在檐下
汹涌翻腾的鼓点激起一朵朵游动的诱惑
当你把一颗小小的心紧贴着壁
当你　看见又一个人急急地跑来

安徒生

老德

没想到吧　安徒生母亲
是个酒鬼　父亲是个鞋匠
一辈子和鞋子打交道
没有改变穷困潦倒的命运
安徒生长大了　什么不相信
只相信童话　但深深知道
童话是一种骗人的玩艺儿
他还是在童话中
从一个丑小鸭长成了
白天鹅　一群女人围了过来
他钟情的女人　喜欢童话
却不相信童话　爱他的
女人呢　相信童话
却在童话中慢慢变老了

我情愿被诗歌凌迟处死

冷慰怀

诗歌是一把刀，锋利的刃口
在灵感眼眸里熠熠生辉
早在前世拐角处我就被寒气盯梢

三十年来它从未停止跟踪追杀
却错把我的伪装当成了目标
每次都是赝品们前呼后拥掩护我脱险

迟到的彻悟在刀锋上行走
幻想用呓语构筑梦境
每逢光亮掠过
冷汗就成了惊吓的替身

仓皇奔逃中我不断摔倒
疼痛每划过一次
伤口便渗出些许快意

狞笑越来越近
我明白自己已无处可逃
与其如履薄冰，不如慷慨认命
我情愿被诗歌凌迟处死

父亲的手表

黎业东

父亲最后一次住院时没戴上手表
他病久, 话少, 耳聋
常望望天空, 看看手表

父亲临走前说不出话
右手在母亲面前无力地举了举
母亲会意, 给他戴上了手表

父亲戴着手表进的殡仪馆
看着他被送进炉膛
我听到老式上海手表的嘀嗒声

稻殇

李刚

风从云里滚过
没有要带来雨的意思
庄稼里长势良好，一茬一茬的
汗水是唯一的肥料
昨晚我又梦到了你，父亲
稻子成熟了，头低着
但腰杆挺着
你手持镰刀，笑着
站在这块向月的地方
已经是傍晚了，蚱蜢都睡了
你仍要强按着月光扫过你的镰刀
不放过每一个月明的晚上
从前你就这样，算了
后来你仍然这样
岁月都累了，散了

梦里我真梦见你变成了稻子
一浪，一浪的
盖过盛夏的晚风
多少年以后
每当月明经过时
总催醒我碗里的饭香

瑜伽

李海云

音乐响起

这只从印度漂来的口袋

它装进呼吸、汗液

装进白天打碎的瓷器或玻璃

它吞下锐利的碎片

让疼痛清醒地找到母体

它折叠筋骨

它弯曲下垂的肌肤

同时它释放出山川、河流

一路的虫鸣和盛夏的草木

舒缓的星光下

一个人的月色朦胧

两个人的初心不改

有如梁祝化蝶的欢喜

但是,我的爷爷

更热爱它的兄弟

本土的另一只口袋

它的名字叫太极

泥瓦匠

李佩文

老王手里的这把泥瓦刀

砌过平房

也砌过高楼

砌过春风

也砌过秋雨

那天,他站在自家门前

遥望城里一排排高楼

举刀向前一比画

他得意地发现

城里的高楼大厦

其实与他家的平房一样高

与他的泥瓦刀一样高

与他的个头一样高

祈祷

李山冕

一枚残叶,随寒风
飘进敞开的窗子
落在翻开的诗集赠书者的签名上

我轻轻移开残叶
双手合十
真诚地祝福病中的你

我不看好以阳光命名的事物

李文光

习惯了黑暗的人　总能

保持着对黑暗的清醒

和对光线的敏感

一点琐碎的光　足够他

在黑夜里辨明方向

因而　当黑夜突然降临

他就像一个娴于冲浪的人

逆着浪头一跃　就让自己

凌驾于黑夜的波涛之上

所以　我从来就不看好

以阳光命名的事物

包括阳光少年　阳光女孩

他们不知道　一双

过于相信阳光的眼睛　必将

沦陷于阳光的《圣经》中

一天天地变钝　变盲⋯⋯

那年，父亲来看我

李贤平

我下班路过的那条街道
那么熟悉。青春年少时
我就住在城中村
白天，匆匆忙忙上班
晚上，偶尔有敲门的警察
补办暂住证
有一年，父亲来看我
走进简陋的房间
他一言不发

送他返回。汽车开动前
他只留下一句话
"孩子，有困难，和爸爸说"

如今，我很想去找找那出租屋
可是，一直没有去
我担心，一走到路口
就会想起那一年，父亲长长的忧愁

小满·活泼

李晓斌

南风一阵阵吹过
天气日渐炎热
绿肥红瘦的原野,蓬勃、喧哗
阳光下的土地,生动、温暖

欲望在一片广袤中充盈
那是潜藏内心的野兽
如母腹中的生命,骚动,生长
女人的裙子越来越短
裸露的肌肤透出芬芳

曾经的枯落寻找不到痕迹
呈现的都是欣欣向荣的景象
新禾如绿茸茸的毯子
铺开在村庄之外
天是更蓝了,水活泼起来

黄昏,在凉亭听二胡弦上的乡音
新出的荷叶斟满珍珠的吟咏
一场浩繁的花事,正在启程

印章

李晓东

从底层到顶层

阳光城 1 栋 3 单元楼道雪白的粉墙上

盖满了饥饿的广告印章

红色的有:疏通钻孔,水电安装

电话 135××××××××

紫色的有:办证刻章,见证付款

电话 136××××××××

蓝色的有:急开锁,换锁芯

电话 137××××××××

黑色的有:小额贷款,按揭买车

电话 138××××××××

一个印章挨着一个印章

一个印章盖着一个印章

印章脚下是印章

印章头上是印章

印章排着长队

印章叠着罗汉

它们如影随形

仿佛梦湖上吹来滥情的风

差点扯住我的衣襟

跟我一起挤进家门

白鹭

李晓水

一对白鹭

一前一后

飞过湍急的河流

河流的水是浑黄的

行走着笨重的轮船

铁路桥上

高速列车正呼啸通过

与白鹭一上一下

恰好平行

我看见白鹭扇动的翅膀

在车窗前静止了那么一会儿

便迅速后退

被抛至广阔的平原

老正街的城门

李志玲

老正街的城门就像一轮弯月
挂在村头
一挂就是几个世纪
村里的人
从这轮弯月下
进进出出

低矮的楼房外
拄着拐杖的老人
偶尔也会出城晒晒太阳
他们的生活
比城门上长出的野草更低

风一吹过，他们又苍老了许多
就像门洞上长满青苔的石头
一不小心就会摔倒

欧山

李祚福

几声锤凿的声响
围绕着三五个村庄
在山下的人们
所知道最大的物体
是随处可见的石头粉尘
最小的物体
是散落附近的生命
由近及远
此时,松针还打着节拍
蝴蝶落于草叶之上
不动的翅膀比洪水泛滥
一只猛虎扑向圆月

南安树上的鸟巢

廖世剑

在南安大地行走
鸟巢随处可见
高高的树梢上　耸入云端
低矮的灌木上
触手可及

鸟巢的温热
增添了这方子民的越冬勇气
像忠贞的爱情
挺过了一个又一个寒冷岁月

鸟巢是心灵的家园
有鸟巢做伴
蓝天更蓝　白云更白
我要相约鸟巢去放飞云朵
唱孩童时的歌……

这么细小的伤痕你都找得到

林北子

这么细小的伤痕你都找得到
这么容易惆怅的石头你都发现得了
春天的那些叶子,折了一些雨水
先在城西,再去城东,最后落在菊镇雪白的脚丫上

你都看到了,睡不着的星星
都有灿烂的光芒
那天天忧心忡忡的傻鸟
都能想起一场摧枯拉朽的暴雨
亲爱的,只有我抱着一堆零食在狂奔
春天里,美好的树枝多么容易张皇失措

我们各自做梦吧
你梦见了我抱着镜子
我梦见镜子抱着你
都喃喃自语:上天厚我

明月记

林莉

蚂蚁遇见了一小粒糖
世间仍幸存吾等需要的甜

指南针遇见了歧途
秋风中,河流沉默着拐弯

山寺晚钟遇见了孤单野狐
来路和去处洒着一层银霜

一个人遇见了另一个人
另一个人遇见了空无一人

在这神秘的法则中
弦月如钩

它袖藏
古老的启示录——

如同坐拥刚刚生成的空欢喜

回忆让孤独的人更加孤独

林珊

城市。美丽的
我从缓慢的车窗外看到：
阔叶榕上的尘埃
在陡然加深
一排紫薇迎着微风
灼灼地开

晨曦中，惺忪的草木
隐去的星宿
来往的人群
都是美丽的
事实上，露水在半夜醒来
又在半夜消失

而此刻——
拥有回忆的人是幸福的
即使那些回忆充满了痛楚
即使那些回忆让孤独的人
更加孤独

厌倦，苟活在虚无里

林师

无须臆测虚构
一伙不明来历的假想之敌
不念及缘分，与自己厮杀博弈
无从说起的血腥味
一切退潮般散去
无语慰藉。长叹，吐出一口滞气
砸落在时光背脊，消遁无形
人居浮世，若风吹尘
生死两不确定。何必在乎
曾经的光环是否还萦绕头顶
真的，已经厌倦了
苟活在虚无里

愿望

林雨

我希望我整个身体都熔化在太阳里
灵魂获得永生
非被动,而是发自内心地
将类于大鸟的翅膀安在自己的脊背上
我会在前一天收拾好行李
带走爷爷的肺癌
抹去所有亲人为此流下的眼泪
再把抑郁症和精神分裂症打包放在行李箱
诸如此类的病症困惑二十一世纪
就像困惑别个世纪一样
人们歇斯底里,或者沉默着
寻找出口,或者索性放弃。
甚至我想成为所有孤儿的妈妈
但不可以。飞向太阳
意味着我只能成为一个死人
而他们不需要一个不曾见面的母亲。
行李箱逐渐膨胀,直至撑破
感冒溢出来了,连带着咳嗽、咯血
以及病床上病人们遗下的尿液和粪便
紧接着大大小小的病症都跑出来
我勉强合上行李箱,带上假装安分的剩余物品
第二天还是不堪重负从半空中跌落

一杯茶

灵川

一种自然的香被倾情的热爱咀嚼着
没有杂质,杯子里安放着日月与山河
清晰的晖光在闪动

一个上午,我反复走进一片叶的腹地
用沉稳和耐心,练习飞翔
时而伫立窗前,让空旷与静寂漂洗着我的目光

更多的时候,我会把灵感剁碎
分配给渐行渐远的时光

清瘦的男人,胖女人,车辆
一只悠闲的狗……
当我车转身,影像已经远去

而一杯茶,更像一朵盛放的花,它的芳香
始终在我的掌心里

最后一个枪手部落

凌翼

砰——

一声枪响

树上的叶子掉了几片

猎物早已销声匿迹

而看客们却一个个被震得精神焕然

在这个猎物已经成为国家保护动物的时代

枪手的枪没有变成烧火棍已经是万幸了

在豺狼、豹子、老虎出没的年代

这个民族曾经个个都是猎手

家家都有一杆好枪

现在扛枪出门

只为了给游客扮演一个节目

狩猎中的残酷在这里变成了舞蹈和诗意

麦田的守望者

凌岛

无垠的金色
与一抹玉带相得益彰
飞鸟划过天际
云彩在天空游弋
命运的窗口在眼前推开

无论是花红草绿的春
还是蛙鸣蝉噪的夏
都与果实丰盈的秋天相连
而冰雪风霜又在守候来春

有个声音在内心呐喊
我向着麦田奔跑
仿若时间就此展开
让我守望
一份梦境中的未来

暴雨

凌岳

飞鸟

在沉重的乌云下掠过

一道闪电

拉开了暴风骤雨的序幕

车子缓慢行驶着

雨水在挡风玻璃上暴走

又似乎在编织着蛛网般的梦境

荷叶摇摆

视线模糊的前方

一座城池

在烟雨中崛起

在灵山

凌子

一夜雨水的洗礼
灵山的一草一树一石
都是虔诚的信徒
带着稻谷的温度

灵山朝阳的南面开满杜鹃
而背阴的北坡则杂草丛生
在灵山崎岖的小路上
从半山腰升起的云出发
可以触碰到光和禅
不要随意踩踏或大声说话
否则　惊动了打坐的石
与一只无姓无名的鸟

在灵山　清风吹来
我不敢肯定灵山是否显灵
但我确定灵山每一块石头
都被神的手摸过

玻璃

刘立云

现在我是一块玻璃：平静，薄凉
保持四季的恒温
阳光照过来我把它全部的热情
奉送给窗台上的植物，书架上的书籍
花瓶，从远方带回来的泥塑
和阳光中飞翔的尘埃
雨水打过来，我让它止于奔腾并成为静静流淌的
溪流，泪水，这个时代的抒情诗

我就是一块玻璃，在你的眼里
视若无物，因为我是透明的，约等于虚无
空幻，哲学中的静止或不存在

这是我的精心布局。在你的视线之外
意识之外。现在我磨刀、擦枪
每天黎明闻鸡起舞
在奔跑中把一截圆木扛过来
扛过去，如同西西弗斯每天把那块巨石
反反复复往山上推，又反反复复
看着它从山上滚下来
然后我傻子一样再推，再推，再推

是这样，我在你的视线之外，
意识之外。我希望对你来说
我是不存在的，就像阳光穿过玻璃
让雨水和风雪，在我面前望而却步

当我破碎，当我四分五裂，你知道
我的每个角，每个断面
都是尖锐和锋利的，像凝固的火焰

我希望你说一些粗俗的事让我快乐

刘傲夫

妻子是个诗人
我也是
我们每天过着
纸上的日子
有一天,她从一本
外国诗人的集子上
抬起头来说
我希望你说一些
粗俗的事
让我快乐
这句话其实
我等了她
好几十年

外婆的木屋

刘春梅

外婆出了远门
永远不会回来了
她是个爱干净的老人
每天认真地用香皂洗脸
常常抓住小时候的我
一遍一遍地给我洗
那时的我喜欢脏的事物
比如在泥巴里奔跑
在灰尘里打滚
自在又惬意
这一次,我轻轻打开木栓
并没有进门
而是久久坐在门槛上
除了思念,还想告诉她
如今我已经长大
已经变成了一个像她一样
爱干净的女人

酒·郑板桥

刘道远

民间的疾苦和雨滴
一股脑泼向纸上竹林

衙门八字口的钟鼓
被谁敲得夜半惊心

小吏的令箭轻如枯叶
砚台的铁磨出了刀锋

听这瓦檐默经　昏鸦棒喝
一竿竹摇摇晃晃醉到天明

我的鹰落在一张白纸上

刘建彬

它多像个男人,有钢铁般的性格

独立在悬崖峭壁上,只是彰显某种威武

天空是它的另一个翅膀,书写飞翔的作品

它何尝不是一支笔或者墨

戴着传统现代先锋的各式墨镜

它可选择栖息在九个太阳的枝丫上

有一种高喊的声音雄壮如钟声,有颗心飞得比天高

它有时会脱下狂野的帽子

以金鸡独立的姿态,在一张纸上表演

走过来吧! 利爪如毛笔轻轻滑过柔软的宣纸

一种静迎送另一种静,能够听到一把利剑行走苍天的足音

一切终归于平和宁静,它一直保持昂首不屈的身影

鹰将羽翼授予博物馆,隐没在无言的纸上

工地

刘建刚

工人第二次把汗湿透了的衣褂

晾在竹竿上晒干

下午还要等着穿

板房里的空气,每一缕

都像烫着了一样

热得难受

哪怕空调降到了最低温度

也无济于事

将四块模板竖起围拢

就是厨房。没有油烟机和电风扇

也没有自来水

横一根木条就是饭桌

倒扣一个油漆桶就是坐凳

铁皮和围墙,把里外

分割成两个世界

远离家庭,舍弃商场,抛开KTV

生活变得窄小和单一

只剩下工地,床板和钞票

化石成佛

刘建辉

倒下的朝拜者

在罂粟花盛开的云端

抽搐

像一把斑驳的青铜剑

刺进云山雾罩的心脏

时间之血

飞起来

在诗歌原野

溅洒

视网膜上浩瀚的虚无

星光与黑暗在此交媾

爱有切肤之痛

虔诚供奉神的诗句

从瞳孔放大的

死亡火山口喷发

朝拜者的岩浆，几经风霜

隐于闹市

化石成佛

敷腰

刘晋

她的肚皮上留下了一条狰狞的刀疤
那是剖宫产在一个女人的身体上
毫不留情刺下的一刀
同时也是她生命中剧烈的地质运动
所分娩出来的第一道分水岭
做母亲的日子从此被隆起的疤痕倾斜
不断滑向电钻的锋芒

在腰部脊椎的位置
当年麻药留下的后遗症念动咒语
钻心的痛就呼啸着由内而外
——她又一次经历了腰斩
此时只有一条仁心的热毛巾
认真地敷在腰间
匡扶起一个母亲的义项

"好泥"是没有骨头的

刘敬清

身段软,没有刺和尖锐物
讨你欢喜、合你心意
是"好泥"的特点,也是你欣赏的地方

最关键的是拿捏起来感觉好,顺手
你想怎么捏,它们就会怎么样地伸展
任你捏你心中的所喜之物

比如捏只笑不怒的脸、会点头的脑袋
卑躬屈膝的身子、不硌脚的铺路砖台阶
和你密不透风的城堡与帝国

因符合你的择泥标准,都被你纳进园子
看——你大师般塑造满园的泥型
有高低分工,各赋使命

你的城堡和帝国越砌越雄伟
站在高处的你,多么像一个面带春风的王
却没有料想到暴风雨会突然降临

"好泥"们瞬间塌了,散了
将你推入洪流的漩涡。你万万也没想到
容易拿捏的东西都是没有骨头的

柿子树

刘理海

柿子树的记忆,是秋天的记忆
田野空旷,天空高远
飞机在蓝天划出一条巨大的云线

熟透的柿子会在第二天清晨掉下来
吵过架的夫妻会在第二天重归于好
发情的猫,会在第二天
被堤坝上的妇女谣传为半夜的弃婴

河里的水鬼喜欢吃孩童
诱导稚嫩的身体纷纷跳入水中
而夭折的婴孩会变成熟不透的柿子
高高地悬挂在树顶

一棵柿子树倒了,另一棵会孤独
来年会独自枯死。果不其然
鸟雀云散,在村头盘旋

小满之夜

刘绍文

这是一天中最寂静的时候

我斜躺在床上细数五月的时令

窗外的雨细细地响,它来自云的故乡

皈依凡尘,缝织花城的夜色

榕树的麻雀不见了,它去了哪里

那些伤心的往事,抑或一些无法说清的误会

是否翻越岁月的沟坎

暗夜里幽馨的红掌,自顾举起飘摇的身世

叶须蕴含的晨光

是否如约打开新一轮太阳

栖身枝丫的空巢等待回归的鸟鸣

这个夜晚,故乡是否也下着一场雨

梳理村庄恬淡的炊烟,卑微的虫鸣

多想,就是夜雨中灌浆、渐满的麦粒

我知道,菜园里四季豆正嫩,黄瓜水灵,青辣椒也张扬了脸

苋菜、油菜花渴望芬芳母亲的竹篮

我亲爱的人朝夕劳作,他和她

只有在小满的子夜生起无边的离愁

溪湾的云朵暂歇了波澜

白鹭还会飞回夏天的芦苇

一纸春花开

刘世军

李花开了
我在春节里
与乡亲们
共祝:新春快乐!

桃花开了
我站在山头
看,高铁通过家门
轰隆隆,外面的世界
冲了进来

只有,家里的柚子花开
鲫鱼拱破春塘的早晨
我知道,你来了
家门打开,柚香阵阵
一个闪雷,你便
躲进我家的香炉钵下

异乡

刘桃德

在异乡
住着我很多亲人
祖先,祖先的祖先
那些亲人都没回来
栖息在一片无声的方言里

四月清明。桃花邀我从远方赶回
穿越城际,为异乡添土
透过清明这道裂缝
我写下故乡,稻田
我写下春雨和山坡

比草更低的是泥土,是足迹
风吹我。松针脱落,更多新叶覆上
异乡,与我只隔一抔黄土的距离

在时间的路上

刘文祥

这样的天气

不适合看书

也不适合写诗

太阳明晃晃地照进来

融了这个冬最后一点凉

报春花开在窗台上　有点懒

母亲蜷在藤椅里　似睡非睡

嘴角时不时地撇一下

一定又想起了哪段往事

都说人老了　日子就往回过

而且　专挑年轻时得意的日子

我守在门边　眯着眼睛

耳旁划过水流的声音

一树垂柳，空洞我整个上午

刘希巴

礼步湖岸的杨柳，似帘
遮断了归途
朝春光的热闹弯腰
我的影子，被太阳拴在树底下
一座城市瞬间湮没

曾经无数次地掩面而去
故事像断了线的风筝
在熟悉又陌生的天空，飘来飘去
却是偶感风寒

枝条婀娜，享受风的抚摸
摇摆起浑身的媚骨
忙于迎来送往
招呼着各种男欢女爱
偏是那么低眉浅笑，被鸟儿
一遍遍地唠叨不停

我情愿被遗忘在角落
心思暴露在判断里
仰望蓝天白云
记录小桥流水

一场雪，一场心事

刘新龙

一场雪
将至未至
一双眼睛在望
无数个心思在想

那些欲说还休的往事
需要一场雪
覆盖
而那些不可示人的情节
渴望与雪共舞
或者　隐藏

想起一场雪
需要遗忘一个人
想起一个人
需要遗忘一场雪

冬夜

刘正辉

风从这头吹向那头

又从那头吹到这头

仿佛在试探人间的冷暖

善良的人默默点燃一豆孤灯

站在黑夜的尽头

为来来往往的行人送去光明

这漫长的冬夜

这无边的漆黑

吞噬了所有的善念

也隐藏了所有的邪恶

瑟瑟发抖的人各自埋头赶路

无暇顾及似曾相识的同路人

那盏微弱的灯光

像一抹孤苦伶仃的鬼火

在肆虐的寒风中

忽明忽暗

直至慢慢熄灭

一条道走到黑的人

从此消失在

比黑夜还要黑的黑洞里

久旱的村庄夏夜

刘志明

风吹树叶,蝉鸣飘浮
后山草木枯黄　寂静从蟋蟀生起

"悉依""悉依",唤出白白的月光
一座山坳在高粱林的虫声里沉睡

万物镀上白银　青蛙在水底喊叫
浅浅的水底,蛙群失散,死的死,逃的逃

剩下的这只
在水底里怯怯地
喊出月光的潮湿
喊出犬吠里的几声荒凉
喊出拾荒老人回家开门的
吱呀之声

骨头

龙剑锋

清点全身的骨头,206 根,不多不少
横的竖的,圆的扁的,长的短的
各就各位,组装如初

这也许是我活到将近半百
最值得自豪的一件事

不像骨架外挂着的那副皮囊
早就百孔千疮

不像栅栏内关着的三宫六院
到处涌动暗疾

不像脖子上高举的那颗头颅
尽装别人的主义

田园居

龙顺里

晴耕雨读
溪流洗去疲乏
恬淡诠释四季

走过繁华
柴米油盐的日子
云淡风轻
如门前的小溪，细水长流

素简清凉的日子
安静　不舍的情怀
在藕荷色的时光里沉淀

朝花夕拾
笑迎苍凉落寞
泛黄的纸页里
有蝶舞花红

十年之痛

卢彬

用时间之水点滴浇灭激情之火
十年了,我能为你做的
只有这么多了

点燃一支香烟,看它在我的指间
层层焚毁,步步化为灰烬
像我深爱过的女人,化为背影

十年啊,这最黄金的十年
从踌躇满志到万念俱灰
我的生命之树,充满悲剧色彩

只留下一些偶尔对诗歌才说的
真话,草蛇灰线地表明
一把好剑,不过徒有虚名

狐尾山路

卢游

狐尾山路存在多久了？
当我来到这里
并且带着青年时代的某种期待
这条路上的树依然是健康的
这片头顶的天空
仍然带来某种程度的安慰
多么令人心生平静——
我想事物存在其中的一部分意义
有时是因我而生
生命中的某些爱，来自
陌生的事物、陌生的拐角、陌生的你
穿过嘈杂人群送来的遥远的目光——
狐尾山路的存在一如万物的起始
一如亘古时光中那些存在过的刹那光辉

凋谢的棉花

吕继斌

庄稼地里还剩下最后一垄棉田
身后喷洒过的青绿色的棉铃鲜艳欲滴

浓重的农药味,在夏天的午后蔓延
已经湿透了后背,汗水
和从破损的喷雾器渗漏出来的农药

你感到全身无力,颈脖僵硬
已经空荡荡的喷雾器仿佛一座大山压着
挣扎着,你就像一条脆弱的藤蔓
倒了下去,倒在最后一垄棉田里
田野里的风,午后的阳光
都隐忍着,静静的没有喊叫

从嘴里喷涌而出的唾沫
像凋谢的几朵棉花
也像几片白云
三十岁的你踩着这几片云朵飘走

风挨着风

罗方义

风挨着风,奔涌于草原
风在变幻,超出我的认识范围

风与星星很近,又坠于大地
说它朝着火焰的光明飞去
也说潜为情感细语的涟漪

我读出的只是划过手心的寒冷
它是世间万物的一部分
我是它的过客

风挨着风,挨着刚形成的伤痕
然而,天边的苍鹰
双翼喷出强劲的气流

——形成无法描述的大道
挨着的事物变得若即若离

你的世界下雪了

罗丽娟

来信说你的世界下雪了

雪花飘飞了一宿,清晨推开窗子

便和惊喜一起坠入雪的温柔

当你的世界银装素裹

而我的世界红梅还未开放

麻雀还在枝丫间嬉戏

这个时候,我不会给你写信

我以为你所说的爱与思念

不过是这场雪虚拟催生的一朵花

所以我按捺住内心的千回百转

把无数个日子摁进一个下雪的清晨

去咀嚼你写信时的孤寂与悲欢

自行车

罗启晃

在进士学校的斜对面
倒卧着一辆自行车
车子的后轮变了形
它明显是受了伤

从自行车的身旁经过
我无能为力把它扶起来
虽然我知道
我也是这么一辆破自行车

明天,我还要像那辆自行车一样
从地上爬起来
被责任和义务两只脚蹬着
努力向前

暮色山径

罗书録

暮色悠长

类似一蓬长草,覆没了尘间

西风摇曳,小窗渐冷

这中间总隐含着什么秘密

人间顿时是一扇封闭的石门

两侧灵魂,落于草尖

露水碎裂,是瞬间的风华沉沦

无限和永恒的

唯有群山黑水的沉寂

更远处细雨含花

是最后的一丝娇艳

在这片暮色中,清香散落

被切成微小的部分

墨香飘零,浸润了未来的棺椁

深坑暗涌,积水千尺

万丈红尘中,落满尘屑

垛得高高的亡灵,遍地无声

山径很长,是一场苦命

母亲种菜

罗咏琳

午后,剩余的时间

母亲用来种菜

她一瓢瓢给新出的菜苗

浇水施肥。偶尔蹲下来

松松土和除除草。

我记得小时候

母亲就是这样照顾我

喂饭洗澡浆洗

忙而有序

静默无声

当天色暗下来

疲惫已嵌入骨髓

只能借助灯火

扶她回家

乡村记忆

骆和平

那些,被乡愁

层层包裹的

小溪、白鹅、老树

鸟鸣、炊烟

以及麦苗与汗水、泥土对白

已深深浸透

我的肉体和灵魂

独在异乡,身不由己

风一吹

筋骨就痛

替父亲写的一首诗

牧斯

很想——替父亲写一首诗,从父亲的角度,
他每天坐在十甘庵的小凳子上,八十多岁,
没有朋友也不会走路。脑子里想些什么呢?
以此为中心,周边都是他熟悉的山、树木,
数公里内的田和土,怕是都种过的;脑子里
会想这里山麓和溪渠的名字吗? 附近村子里
同他有过关联的人……情仇也罢,欢爱也好;
那些过去发生的事,如何评价呢? 此生
不多了。是早就不想活了还是想再活一遍?
有遗憾吗? 有未完成的事吗? 作为一个
未有过巨大快乐的人,未达光明之旅的人,
他砌的石塍,他挖的水塘,他开垦的地……
他会想到童年的事吗? 他的母亲,他的祖母;
那棵被他砍掉的我从未见过的树,它枝繁的样子,
它们掩盖在记忆的烟尘里。
他是个猎手,会想起猎物留给他的眼神吗?
他痛苦过许多次,想起过反抗吗? 那点燃
又熄灭的反抗是出于什么理由? 他很有责任感,
自小照顾姐弟,牺牲一切而无结果,奋斗,
什么都做过而无荣誉。这些稻禾、南瓜花,
后代无数辈了它们还这么开,那曾忠于他的
狗、牛、鸡的后代,它们还是这么和善——

这些恼人的马鞭草、青荆,还是长到屋边来,
这些蚂蚁、黄蜂,还想钻墙缝——没兴趣玩了。
仍是这几间老屋,泥土,要走的真走了,
想来的不多;还有一直欺负他们的山鬼,
嗷嗷待哺的山鬼,从年轻时就折磨他的山鬼
仍然没有老。愤怒又回来,他们和好了吗?
父亲每天就这么几十步,从老屋到新屋,
清癯的头上发儿稀少,肉皮松弛,神思昏聩
又迷离什么也未想起,失控的口水自任直流。

斑驴

马梦

夸——嘎——
夜深人静
一只斑驴在不停悲鸣
没有视频　没有录音
我只能通过文字
想象斑驴的叫声

前半身像斑马
后半身像马
在非洲大草原
成千上万只斑驴
朝我摇了摇尾巴

渡渡鸟不能渡人
也不能渡己
遮天蔽日的北美旅鸽
头也不回地飞向了太空
亲爱的斑驴
你们还没告诉我
夸——嘎——
究竟是什么意思

在一首落水的诗里，矜持

马丽芬

清宁初上，所有的浮云都在卸妆
人间的光芒蛰伏着
我在一首落水的诗里，矜持
忽发现，韭菜长成了大树

清淡的日子，如流水般平静
一些狂傲已被嘈杂淹没
一些花儿已被杂草覆盖

夜里的灯，因有月色的抬高
终将闪闪发亮
我在灯火中捡拾那些无人关注的脸谱
就像捡拾一粒粒稻谷，一声声鸟鸣

等了很久的雨水，泥土，阳光
像积存在内心的强烈情绪
允许不被表达，终于不那么执着
冷眼看这个世界
一言不发

切西瓜的刀

毛鸿山

这个秋天
一位在青岛开店的中年人
用切西瓜的刀
切了一对老夫妻
也切了自己

起因是
老人在店里买了只
坏西瓜　不满足于三百元赔偿
坚持要一万元
无果之下
在店前骂街了五天
且无停息之势

老实巴交的店主
便把切西瓜刀
发挥到极致
了结了这桩小事

立夏之晨

毛江凡

在湖滨路的人行道上,信步闲庭
雨后初霁,有阳光从树隙打下来
我必须承认,这个早晨我是快乐的
醒前的那个梦是美好的
刚刚痊愈的小疾是美好的
那些低伏的小草和无名花是美好的
湖边的寂静是美好的

而我,似乎重新变得热爱生活
直到,一个迎面而来的女孩
边走边哭,与我擦肩而过
我瞬间感到
生活又陷入无尽的惶恐

烟酒一地

枚庸

曾经大口喝酒

在推杯换盏的过程中

倾诉那些

所谓的烦恼忧愁

曾经大口抽烟

在烟雾缭绕的环境中

淡忘那些

往事的肉欲迷情

烟酒徒的人生莫衷一是

只有解不开的情与愁

我想戒酒

就像戒掉所有的愁

我想戒烟

就像戒掉所有的情

可是我仍旧喝酒

只想在无人的角落

我也仍旧抽烟

在独自思考的时候

一地烟酒

是我自己说不清

或无须言说的

情愁

外婆

梅曙平

外婆一双手产生的能量
喂养了七十三年的岁月
她以一座老宅子为天地立心
周围是土地,水和生命相互混合
农业失败和饿荒湮远而切近
谷物艰辛地适应洪涝和气候
一茬茬,有血有汗地薪火相传

外婆走向田野,家园就灵动了
鸡和犬质朴得像民谣
炊烟梳着亮蓝的辫子
年节时扎着红红的中国结

在外婆的眼里
所有的树木都至高无上
它们一点点地移向天空
接近鸟的翅膀
在外婆的心中
菩萨回眸时能够瞧见自己
她祈祷,算命,占卦
她从乡路的这头走向那头
从东边走向西边,都是在前行

我是一尾鱼

米范

远山,被一片白云纠缠

无论暮钟是否敲响,夕阳

依旧西下,倦鸟已归

树叶撩拨着,鸟的心思

你的眼神,似一汪清澈溪水

我是溪水里,一尾游来游去的鱼

深入你的身体,亲着水草

仿佛吻住你的唇

透过溪水,顺着叶子的脉络

一再调整,凝视你的角度

读你脸上伤感的诗句

我接着你的诗意,写一首歌

跃出水面,用优美的声音

为你歌唱,唱去你心里的悲伤

水底,水上,你我隔水相望

能惦念,心就醉,也温暖

语音

明子

在线路深处,我把你
贴在耳朵上
好听到你唯一对我说的话

慢慢在沙发上躺下
指间一盏热茶(它就在我怀里)
直到你声音消散
直到再没有什么剩下
彻底散落空间
仿佛异常沉重的
不是手机上你的吟诵
是某种已经死去的爱情

可能是我把香皂味和体味混淆了
在更远处,一幅忧郁的画
好像一个羞怯的女子在喊:
南方断桥?

空巢老人

茗子川

天将尽,他要独自坐到深夜。

像小时候留守在村庄。

现在留守空房。

只是眼睛渐渐变得比嘴更沉默了,

没有人会注意他。

如同一片叶子吹动的风,

滑向没有足迹的小径和平静的水。

无法表达的情绪,

是一把最能伤害自己的锋利宝剑。

当黑夜完全取代了白天,

明亮的眼睛,也会在夜色里变得黯淡,

再没有了远方,没有了寻找。

这时,他会在书桌前和书本做伴。

或者,他说服自己,

在电脑上搜一部电影,

陪伴一部电影的男女主角,

悲伤,痴迷到终老。

或者,空出一个枕头,

给那首老歌。

睫毛,

被反复吟唱的一个词揉出水。

还或者,拿起身旁的电话,

想说"儿子、女儿快过来，爸想你们了"，
又无奈地挂掉。
在这一条盲目和漫长等待的时间路上，
让他的心中不胜其烦。
他根本无法改变空巢的处境，
无法改变这个夜晚的夜色，
只能在硕大空间里独自寂寞，
独自品尝这人世最大的孤独。

屋宇

聂广友

上午,在漕宝路加油站加
柴油,从车上下来,发现
里面的修车棚有些熟悉:
"曾在这里换过轮胎?"
车棚已有些陌生,沿它的两边
方向围起,正面三间瓦房的
脊檩更加齐整,也更宽阔,
越过笔直的脊线,上面的
半空高旷,一棵树高出它,
露出完整的冠丛,
六月里,清爽的风吹动,
也吹拂着屋脊及上面的天空,
沉浸于它清朗的怀抱,
它们纷纷翻动的椭圆型
叶子后面,枝丫里,纷纷
隐藏着一个个寂寞的梨子。

与友夜宿山中

聂迪

"其实,我也爱这个世界
爱街区的繁华,爱满桌的酒肉"

"即使身处盛唐
我也只做秋风下的一蓬灌木"

是日,农历九月十八,山巅
凉意入怀,零碎的话语跌落于峡谷。

你胸无点墨,忙于纸上谈兵
我胸无大志,热衷于竹篮打水。

一枚凸月,有她慵懒的脸
漫山的露水做着自己的梦。

金色的痴情

聂学锋

我对秋天有太多的痴情
始终怀疑对方的诚意
当果实挤满树枝
当金色从地里喷涌而出
我就会把美梦隐身在太阳之下
天空与整个季节拉开了距离
一丝垂下来的光亮
像压抑后的情感迸发，这时候我看到
山村人正忙于交换谷穗和爱情，我听到
收割机从远方赶来的贺喜声
更多时候，我的内心一片芜秽
稻谷的哭泣，终止了夕阳的残念
只剩下把我隔开的涟漪
静静地躺在田野

月波门

宁宏翎

临近饶河

门楼与河面相映

最富诗意的城门

被时间抛向历史的深处

六座城门坍塌在洪水的肆虐中

焚烧在战争的烽火里

在挖掘机的坑里

叙述着沧桑

思古之幽情

从永福寺塔的风铃声中溢出

湖城的门

位置前移了

标示在高速路口

矗立在高铁鄱阳站

让我看一看远处的光

欧阳滋生

晨起的颜色也是一种生命
那种自然的搭配
让你天真不已

这是温馨的世界
无论冷暖
你会变得柔和
如投向窗外那一瞥

心情与景
糅合,成一顿早餐
天天如此就好了
没有园子外面车轮的声音

无论安静与孤独
爬上树的高度
你会觉得
眼光是亮的
世界是新的
每一次瞭望
收获到的,都是心的开始
我终于知道
打开窗户
才是与空气的沟通

我的父亲

欧阳斌

我的父亲
是一个有力气的人
他真的很有力气

他的力气,来源于他从小练习武术
来源于五年的部队锻炼
来源于常年的农村体力劳动

当然,仅仅因为以上这些是不够的
我父亲的力气,更主要的
是来源于他的正直

时间节奏·老街

欧阳福荣

青铜寂静。在山河之间确定一墙

花开，鸟声悬挂绿的歌谱

小小的深绿，藏着重叠的蝉声

和糖人味。白鹭衔着竹柏的

涛声，飞入生物学版图

火折子一般，眺望绿的内涵

减字的木兰，搭建一座冰镇的城池

也搭建浸透乡音的湖。鲤鱼点灯纵身

跃上文星塔。凤凰举持盾牌

切入，田螺姑娘的拉丁舞

铁脚抢戏。欧阳修取出月光杯

撒下一把熟了的樱桃

和红豆。种植一株葵花的肯定句

苏东坡取出听力

与山河静听鸟声，谈论

瓷的飞翔

暴雨

庞华

暴雨突如其来
十几秒
把走路的我
浇成落汤鸡
就像前面那个
骑电驴的人
还没掏出尾箱的雨披
就被浇成落汤鸡
我们互不认识
但互相一笑
仿佛闻到鸡汤的香气

大地的文本

裴满意

窗前的飞花
像极了一个无声的阅读者
写着流水的隐喻
它,亦叙述着
大地的无声文本

土地里的忧患
长着黑夜的星辰
而清晨的露珠
像文字,包裹着忧患的沙哑

悟未悟的草,想着
胜过于祈祷的虔诚

人的关系是可怕的
文字又何尝不是呢
无的意义,不包含可能
大地的荒芜与野蛮
惊悸得我不再是我

在流水所照见的世界里
我都可以被另一个自己
无声地代替

井或泉水

彭德英

低于或是高于地平线
无从考证。古老的井
从村庄的这头到那头
光阴的颜色,长满青苔
水总是在证明什么
一种思想。清澈透明的信仰
贯穿整个村庄
我必须打开低处的阀门
让水和鱼再次相遇,相同的遇见
就像古井边上的神灵
庇佑众生

趴在井沿喝水。以心为界
然后,打捞岁月
我却一直没有听到下沉的声音

远方

彭生茂

我握住的远方长满石头
青稞是我早年走失的兄弟

以及七月的油菜花
像新娘的项圈,她为一个殉情的姐妹刚刚哭过

去往冈仁波齐的山路崎岖
朝圣者心怀愧疚
只为抓住最后一缕转世的梵音

钟声坐起
大昭寺在晨曦中露出慈悲
苦乐在于瞬间的顿悟和释怀
谁握住神谕便握住了永生

十万个灵魂走在路上
十万个灵魂渴望引领和救赎
这漫漫长路,谁愿在黎明的拐角
等等我拜谒的那一个

你是我夜不能寐的病因

彭文斌

在秋天，在草堂
最难偷渡你目光里的河流
最难逃脱的诱惑是来自唐朝的忧郁
风飒飒，木萧萧
一间茅屋的疼痛惊醒沉睡，诗歌不再温柔
你是我的秘密武器
撞响灵与肉的每一个器官

在巩义，在窑洞
最想牵住的是你童年的淘气聪颖
最震撼的是你"七龄思即壮，开口咏凤凰"
狼烟起，安史乱
或许，只能用"三吏"与"三别"
概括历史的伤痕
你是我的暴风骤雨
扫荡所有的颓废、怨艾和沉沦

在平江，在汨罗江
最悲伤的是一条破船漂泊千年
最冷静的依旧是江上往来人
大历五年，朔风凛冽
一双惯看山河红尘的眼睛以浊泪告别
成为绝世的诗句
你是我夜不能寐的病因，谁能解？

锄地的女人

彭晓斌

她不穿花格格那个衬衫
她不披蓝格格那个毛巾
她戴着草帽,用一把锄头
丈量土地的厚实

高天上有流云
山沟沟里有那个哥哥和妹妹对唱
一锄头下去,挑去了野草对土壤的非分念想
她低着头,弯着腰
土地吸收的,不只有一滴一滴的汗水
还有绵密的心事
以及一点一点的嘱托

一块土地,就是一块情感的滋养地
她精心地培育
一个个吃五谷杂粮的孩子
艰辛的日子,即使挥汗如雨
腰弯似弓,也有一个
永不放弃的梦,在生长

登上黄皮尖

彭一田

风从山峦上抱走了火焰
拐个弯，就是山坳上的祖籍地
一个我在返乡路上，另一个我趁夜色出逃

马家尖山岭上，火把像一条巨龙
族人从东江翻山越岭来援助太平街彭家
我在祖屋场住过十年，一堆鞋上擎着家园

黄皮尖系本邑最高山峰，悬崖下是村庄
山川里的草木死于铁器和药水
在这里，我没发现害羞的人

我愿意入睡，到黄昏才睁开眼睛
但黄昏只是个传说，挂在流水的尽头
那个醒着的人，把夕阳钉到山岗的后颈上

琥珀

彭正毅

深入白垩纪,或第三纪的底层,找到
你时——
我十分吃惊
你收留了我的故乡。走失的山水,那年的
桃花,温润眼神,秩序
狐仙姑深夜扶乩,古老的生物链

掘进尘世的裂口,倾斜,阵痛,庞然覆盖

舆论置疑。故乡正消亡于钢筋水泥的丛林
种植的霾,用另一种,毒与假
压迫万物生长
道路塌方。蜂蝶折翅,穿过我们的阴影

谁在接引,月亮高空超度
从云松上坠落的一滴,是眼泪,惊魂鸟鸣
喑哑的咒语

我差点哭起来了。你的腹地,过于透明
缓慢的
血与脂,扭曲的表情,多像我避难的亲人

不要碰我的锄头

皮自樊

父亲七十二岁时
一次大手术后
默默地把所有的农具
连同自己,收进了老屋

晴好的天气,也会拄一根棍子
移步到篱笆园里
叹一声,多么茂盛的韭菜
慢慢枯萎

我问父亲,是否要松一把土
父亲迟钝的手突然快速摆动
怕我一握住锄头
又走不出这片土地

春天致滴水观音

平安郡

除了让尘世
如何花开
你教会了我许多
对这世间的好
我学着在雨水这天
自己抽芽
然后安静下来
随世事的心意,看看
能开出什么样的花
结成什么样的果
如果我自己也不满意
就等来年
再含另一种花苞

昌江谣

鄱阳余晓

一群孩子,每天从河南曹家出发
乘渡船过江到对岸上学

枯水时,他们下到河床的底部
像一只只威武的螃蟹

丰水时,他们身着救生衣　迎着浪头
像一尾尾红色的鲤鱼

日复一日,他们的读书声　欢歌笑语
成为流水的一部分被带到远方

落日的红霞,让逶迤的昌江　荡漾着
幸福的光芒。孩子们
稚嫩的脸上不加掩饰的自信与坚强
把这个小小的村庄　照得透亮
透亮

枫树岭，想起父亲

朴勤

在九岭山脉向南

在江西宜丰牌楼村向北

有一座长满竹林的深山

参差着几棵高大的枫树

这座山叫枫树岭

青山绿水的枫树岭

除夕前

挤满了挖冬笋的人

数十年前的人民公社

父亲在这里挖冬笋

如今我年逾半百

再次来到枫树岭

枫树岭没有了枫树

教哥俩挖冬笋的父亲

就像当年高大的枫树

再也不见了

暗示的语言

坼子

我聆听过明月的语言

那一层静谧降临到我的思想中

原始的星空无比纯粹

我设想亲近它,像亲近国土

古代的歌颂,它使我的身体变得炽热

沉默的事物成为哑剧的背景

不论悲或喜,也不论卑微与尊贵

我获得这种暗示的语言长达几十年

山区的天籁实际是低沉的琴瑟之声

我甚至混迹于劳动的人们中

跟随那落日的舞蹈和河流的引导

这是最好的音质,越过山丘

来到世界的低处,其他任何语言

都不能这样安静地抵达一个尘世

明月显然苍老,这是多数的仲夏

普通之夜,我甘愿把它当成诗的遗嘱

你还不知道自己的小
——给依芸

漆宇勤

现在你还这么小
万物等待被命名、指认
连世界的模样都是我给你描绘的
我说老虎美好，你也说老虎美好
我说蛇很懒惰，你也说蛇很懒惰
我们玩游戏
你一口气说出十四种树木
十五种花和十六种豆类
接下来，你还要与我比试动物名称
你还不知道自己的小
你的参照物是自己的三岁或四岁
我也不忍心，在你转身之间
将你宏大的叙述拆解成碎片
就由着美好的想象继续美好吧
这么小的依芸
无须知道自己的小或少

就做一只简单的蜗牛

钱轩毅

从今天起,我就做一只蜗牛
把眼里的世界,缩小为一粒葡萄
亲爱的,幸福其实没那么大呀
也没那么远。看,它已在头顶架子上
开出了一串串毛茸茸的花朵

从现在起,就做一只简单的蜗牛
风起我就歇一歇,风停就继续启程
亲爱的,我多么快乐,每向前一步
就离酸甜的仰望近一点

瘦金体

青杏小

瘦到，可以在手掌上跳舞。跳累了
便抱着中指去睡。一纸好字
好得像美人。最美是细腰
美得忘记了江山
偶尔，摘几朵花，捉几只鸟
嗯，放在另一张纸上

总想瘦，直接瘦到宋，王朝都是底色
把风骨装进：点、横、竖、撇、捺……

树

清嘉

她在我右边坐下时

风从窗户吹进　有叶子微颤地响

她断了一节的拇指

紧攥扶手　像紧攥一个致命的果实

但缺失的命运　不允许她满足

手指滑落　果实被恶意捕摘

嘈杂的车声将她烘烤

烘干水分　她的四肢已枯糜

动作小而硬　像一棵远水的老树

在鲜艳的年轻人中　她显得缄默和惊恐

我稍稍变换动作　她便缩矮一截

在我下车时　她已经矮成了一个木桩

她起身为我让位

我忽然　看见她黝黑的躯干上

落下了一片叶子

一条鱼从北方的天空遁来

邱俊

尘埃落定,仰望南昌邑的春天
我想像一条鱼从北方的天空遁来
在河流失去方向的那一刻
你没有按照河的方向游成河的模样
遁入了鄱湖波里,在窑头上岸
枯坐于落日夕照的一隅,把春坐枯
潮起潮落,注定是一场宿醉
天空告辞,也许孤独可以化泪为雨
鼓鳃、扬鳍、摆尾,从此爱上了水
演绎一场属于自己的下河调
民谣继续沿水而涨
漫过了昌邑山头,王城幻化成荒芜
在一滴水里我看到黄河的伤逝
看到折断的剑戟和你不肯合上的双目
还有渐次而远的足迹

那个冬季,你根本没读懂渔夫的故事
但我知道,春雷将于明天滚滚而来

通往色达之路

曲旦

一道山沟里
一条河湍急，一条路曲折
许多怪名字像是
取自经书，又像是去往极地
让山河蒙面，村寨神秘
服饰和姓名色彩斑斓
命名人死去，形式主义开始
道路由此远，河流由此长
话越说越短

在去往色达的路上
开始怀疑真理，怀疑
水往低处流人往高处走
怀疑高耸的碉楼
能高过炊烟

所以要有一个色达
越远越好，越难越好
追寻一路，以此
耗尽一生

堪舆师之诗

三子

1

在古籍里,他是一个泛黄的
词汇,夜静处
却映出月亮的微光

微光中,他的行迹
隐于山川。衣衫模糊

而面目
尤不可知

2

少年时光,我
曾在村头的大樟树下
见过他

一群人围着
在村子前后转悠。他说:
坐北朝南
他说:前朱雀后玄武

他是我的一个远房堂叔
不爱农事,好远游
十年后,他于不可知处

归来。他说的话
我一句未懂

3

但是,须知山河多崎岖
万物的秩序间
自有秘数

不惑之年已过
我依旧未懂

只因我
一直身陷其中

4

每个人的心里,都坐着
一个堪舆师

作为一个神秘主义者
他身体的罗盘里
藏着隐约的星辰
藏着山脉、河流的走向
藏着子丑寅卯,甲乙丙丁
藏着金木水火土和伏羲八卦

作为一个完美主义者
他的一生
都在路上

即使做梦时
或许,也不曾终止
对明日的推演

5
山川有星宿之形
我有不解之心
一度沉迷于
阴阳之间的无声交谈

而长江以南,哪一处丘陵
没有过村庄
哪一个村庄的丘陵地
没有隐埋过
先人的骨殖

风吹过
生地成了死地
水流过
死地成了生地

6
邻县三寮村,据传
唐末时,救贫先生住过

于是
他们怀揣着
世代相传之术,从故乡的
风水出发,足迹
踩遍长江南北

天地之秘,由他们的口中
道出

唯独对自己
至老一无所察

7

老家的土坯房推倒后
父亲站在瓦砾上

父亲说:
新建的房子,要顺着老地基

我的父亲,今年
已是八十一岁
他耳有点背,但眼不花

年轻时,他做过泥水匠
结交过走江湖的人
他略通风水
他一字不识

8

但是，须知万物的秩序间
自有秘数。堪舆
不仅是生的学问

暮晚时刻
我在某座墓地边走过

我的耳边
总有一只罗盘，吱吱转响

9

在古籍里，他是一个泛黄的
词汇。在轮回中
他是一个秘密的囚徒

形与势，动与静
阴与阳，有与无
最好的居身
和葬身之地，永远在别处

窗外
春风不语
只管在人间翻书

10

清明将至，我的远房堂叔
又回到村子

他说：
祖父祖母的坟穴
浸了水，老人的身子全湿的
"你们梦见了没有"

忆起有一夜
那隐约的影子，我被突然的
惧怕，一把攫住

择吉日，整葺好坟穴
远房堂叔
又离开了村子

我老记不清
那，是哪一年的事

11

关于我的远方堂叔
此处
再补述几笔

其幼时
家贫，少有饱时
不知遇何人，习堪舆术若干
后周游四方

晚年返乡，颇窘迫

花甲未满而终

因其终身未娶,被族人

草草葬于后山之地

未知生

焉知死

也许,正如是

12

所谓堪高舆低

不过是

风水轮流转

万千星宿,在头顶高悬

长江以南的丘陵间

自有灯火闪烁对应

未知近

焉知远

也许,正如是

13

而他的衣衫和

面目模糊。他还在路上

走着

在风和水的

流动中,他是变幻的山川

沟壑

是城池,屋宇,门户
是某个
不可求证的谶语

是某个
徒劳的愿望

14

有一日
梦中的乡间小路上
和他再次相遇

问他　因何来
他不应
问我　为何去
我答不出

罗盘
吱吱地响——

一觉醒来
春风已不在耳畔
春风
不知在何处的人间翻书

雪

三石

记忆之鸟褪尽羽毛
白翎纷纷扬扬
呵护被相思割裂的伤口
切肤之痛
蜷缩进你温暖的目光

冬日纱巾　那条记忆的小路
挽起两颗心的滚烫
咫尺路程　飘过
十几度雨雪风霜
亲爱的　今天我们要叠弯弯小路于掌心
就这样走出逝水的光圈
像正午的太阳

巧克力

盛丽春

一小块深处的光阴,被怀念的手握住
打开。重新回到脚下的流水
如此安详、宁静
缓缓流经我们的内心
对岸,是谁涉水而来
披一身月光

岁月是宽容的
除了逐水而去的消亡
总有些什么会沉淀下来
聚拢、凝结。在没有星星的暗夜
泛起琥珀的光芒
让频频回首的人心存感念,不忍遗忘

听雪记

瘦梦

此刻,所有的喧哗
都归于宁静
我凝神谛听,一朵又一朵
花开或花落

把一切都覆盖
温暖的灯盏,突起的犬吠
长一句短一句的叮咛
深一脚浅一脚的跋涉
一切都归于黑夜

在黑夜里,比黑夜更黑的
在静寂中,比静寂更静的
唯有雪花
它无声无息,却又活色生香
比人间更有人间

我在等待,有谁睁开双眼
看见这黑暗中的飞蝶
与谁比翼齐飞

捕风捉影

舒琼

这是一个有景深的
词。在人间的秋天里
被一棵树反复把玩
反复吟诵
反复摇晃

我反复打量的这个词
绝不像是个贬义词

我看见了一寸风
割开了白露和秋分
也看见了一寸影
搅动了一个个年代的
太阳

春雨即景

双木

雨线稠密,水声与光阴交替接力,
我们始终躲避不及连绵不断的垂帘。

我们鱼贯而出,在地铁口缩紧身体
连续撑开雨伞里的爆破音,仿佛早晨的

人民已找到春日的入口。看新闻,过天桥,
乘坐自动扶梯,我们紧挨着倦怠的青年人,

并有序排列在巨幅广告牌下,任凭时光
将我们输送到年龄的中心地带。

病人

水北

黑夜,有人在大雨里行走
没有什么比雨点更着急
经过那棵夹竹桃的时候
忘了它有毒似的
他俯身嗅了上面的露珠

在接下来的几分钟里
他依然没有咳嗽
想到泥土即将覆盖过额头
他还是没有咳嗽

那把翠绿色的伞
早被丢掉了
雨水已漫过膝盖

风吹破衣服
他的骨头
刀刮过一样洁净

在雨中

水草

无法抑制内心狂动
就像无法抑制天要下雨
只有撕两片诗堵口
堵住岁月悠悠

等逐渐散去的发香
漂流在梦境
截走文字符印
不留一个词夸耀相思

站立在旷野的一棵树
吊死了过往轻愁
仿佛归鸟的不甘心
扑棱着翅,扇动一些落花、枯叶

而后,更多的倾泻,都在诉苦
东倒西歪的篱笆攥紧了牵挂,不肯别离

醒来

苏隐没

没有一次赋以平行，光的登场
与暗互相吞没

包括白昼的夜晚和夜晚的白昼
点一盏灯与太阳患有同等的灼伤
制止流泻而出的虚妄光环

直到想说的和不想说的一样多
直到所有的夜晚和白昼一样长
直到每一个梦境都真实有效
直到每一晚沉睡都不复醒来

古老的高安城

孙森林

碧落山,锦江河,七十年代
木板屋,青石路,千米老街
山间有映山红,四月天,漫山红遍
河里水清澈,杨柳岸,少年垂竿
老街上有洋货,有土产,有吆喝,有炊烟
在呼儿唤母声中升起,断断续续,经久不散
有沃野良田,日出而作,日落而息
一成不变,这一说又何止千年
有红薯南瓜,离不开,又不值钱
有白云蓝天,空荡的舞台
高安采茶戏,单调的演出
无休无止,要耐心地等呀等呀,才能等来
震耳欲聋的雷电,观光旅行的鸿雁
一座木板浮桥连着大江南北
有一位老人站在桥北窥视着南岸
老人的名字叫大观楼
老街两旁飘逸着各种小吃的香味
大观楼腐竹,高安瑞酒
憨厚老实的乡亲们常来光顾,不停地说
好吃好吃,或者说好香好香

稗子

孙小娟

我搓开几粒稗子,粗鄙的外壳
包裹着小眼睛,温柔的绿星星,隐约
闪现,已覆灭的军团
没落的君王血统高贵,沉默、戒备
看着我。假如小麦剥掉华贵嫁衣
"普罗塞"①的野鹅飞越群山
来到这荒地。我放下锋利的锄头
(这一刻突然想到稗子酒)
再举起。宽宥和市利缠斗终止
野鹅欢欣而来,继而哭泣
它们啄抢绿稗穗的情景
落幕。野鹅看着我荷锄离去
将稗浪与希望,投入近旁那潭清水
"它们愿意为它而死"

---

① 来自卡佛的诗《普罗塞》,舒丹丹译。

我把季节浓缩在手心

孙振

又是一年年终
我把一年来的汗水，都收集起来
摊在堂前的阳光下晾晒
脱水的汗珠子
瞬间变成压缩的春夏秋冬
我紧紧地把它们握在手心
唯恐它们又长上翅膀
稍稍松手，又将飞至远方

几行数字走来
还未来得及将季节焐热
又不得不把它们拱手送出
闻闻手心，一股酸味
刺伤了我的眼睛

夏夜

孙自立

我怕黑,怕一切黑暗里的事物
你用蒲扇,替我赶走夏夜里飞来的蚊子

屋顶上漏着月光,洁白,碎银子样
你哼着的歌谣,舒适,凉乎乎

半夜醒来,你的蒲扇还在摇着
又是清明,你坟上的草又高我一截

秋日的照片
——为外甥女王琪而作
谭五昌

千里之外，你圆润甜美的笑容

重现了你妈妈青春焕发的时光

你婀娜多姿的身材

也是妈妈赠送给你的美丽遗产

你笑得这样灿烂，与新世纪秋天的阳光

交相辉映，仿佛在彼此赞美与歌唱

有意或者无意，想让我们遗忘那一份

失落在时光深处的亲情的忧伤

哎，愿你的嘴角永远绽放甜蜜幸福的笑容

我们的爱，等同于远在天堂的妈妈

你是我们共同的安琪儿

爱的阳光将围绕在你的身边

静静地舞蹈，从不停歇

直到你自己本身，最终长成了爱的模样

问秋

唐冰炎

秋色并不平分
有人欢歌,有人伤怀
正像那只浆汁饱满的脐橙
如何懂得一株秋草的落寞

人们总是穷尽一生的诗句
试图在光阴里挽留季节的奇迹
而宇宙浩渺,不解人间多情
我们终不过要在镜前
一次次认领不堪的容颜

不在秋色里谈春风,夏花,冬雪
万物自有其诀
我却已渐渐淡忘了自己的名字
请回久居远山深谷的那个我
执手相看,不谈酒,不谈茶
只在秋的苍黄里谈谈秋色和我

拇指上的父亲

唐恒

女儿画在拇指上的
父亲,头发里住着
一只凤凰鸟
眼珠,像青蛙王子
在荷叶上,滚动
远山,葫芦娃和兴高采烈的
大头儿子,在牵老奶奶过马路
格桑花,在绿化带中央笑了
女儿,像一只花蝴蝶也笑了

女儿说:夜晚,月亮
会荡着秋千
来找她玩,嫦娥姐姐
会把小玉兔,寄养在她的梦里
陪她唱儿歌

女儿还说:爸爸
我最大的心愿
是想帮你,将拇指
印签一样
盖在灿烂星空

回音

唐璟怡

晨曦踮起脚尖

想沾染一丝朝晖

校园时光,从你的指尖滑落

定格在雪后操场皎皎的夜晚

我不知道粉笔中的乾坤有多大

却知道,当你的双手濡染粉尘时

能将尘世的渺小或伟大

用心托举

四喜鸟的叫声早就听不见

而你的署名

是一把时间停止后的时间

经过二十年的风吹雨打

仍在我的心田播种

风吹过来,抖了抖你的秀发

那一池春草,在明年春风里繁茂生长

只见处处翠绿

遍地鲜花

敝笱

天岩

看见一条鱼，在脊背上呈现雨的形状
光滑的石板深入河底，越过
粼粼的波光，看见摇晃的背影
它们轻易地穿过一只破旧的鱼篓

已经无法在层积的淤泥里
辨识堆放已久的欲望和谎言了
枯枝一碰就碎，你的咳嗽
惊走了趴在水面竖耳聆听的蜥蜴

打湿和烘干一张纸的时间
正好可以用来恢复河面的平静

租学区房

田智生

女儿在一所重点高中读书
我在附近租了一套两室一厅
每天,妻子和我把脚步放得很轻
就连说话,也一改往日的粗犷
客厅里的灯光,默默地
看着我们的举止言行
在不知不觉中,熬红了眼睛

建筑面积不足六十平方米的房子
月租金一千四百元
是市内其他地段的一点五倍
房东让我们一次性交三个月租金
相当于预支了我两个月的汗水

我离上班的地方远了
每天必须提前一个多小时出门
妻子起早摸黑,用浑身解数
煮出温饱的日子

租一套学区房
租下了人生的一个支点
三年的时光
全家人合力撬起艰辛,窘迫
和心头冉冉升腾的希冀

人海里，我不愿漏掉每一寸光阴

童心

喜欢一切暖色的字词
喜欢明亮的线条和清澈的流水
喜欢对面而来的
抑或擦肩而过的一缕笑
一句问候一句道别一声呼唤

其实这是所有人的天性
被我据为己有
其实我是时光的女儿
其实人海里
我有一千种深情爱着的理由
我不愿漏掉每一段光阴

我搂紧纯净的素色及青绿
也不排斥和轻视黑暗
不对它凌厉有加
这一切，我都同样地感恩
感恩它让我与世间的一切如期遇见
让我有了思索的朝向
有了如此珍惜如此不愿放弃
譬如朝露，譬如行云和流水
譬如一捧泥香，一枚朝日给我的母语

蝉鸣

涂国文

一只蝉。模仿嵇康,在树冠中打铁

砧声汹涌,一条象征主义的破船
在波峰浪谷间,被高高抛起

蝴蝶飞舞
如被巨浪打碎的片片帆屑

一只蝉。在 180/60 毫米汞柱处
拉响生活的血压警报

暴雨骤至,将枝头的枯叶收拾干净
砧声死了,风死了,云也死了

一只蝉。这个乡村的唯一发声者
它紧紧抱住一根都市的湿枝

像紧紧抱住月亮中的乡愁

故乡的树

涂春奎

立于寒秋而心不死
立于盛夏而身不死
在冰之剑下炉之火中偷偷傲视
把浩然之气按在血管里滚滚长流而不死
不妄图领衔世界也不甘殁于寂寞
你是有色彩的请保持呼吸

天空给予胯下之辱应是你永恒的主题
你应该偷偷地痛快但不喜形于色
你应该在天空的命根之下保持顺从
顺从他的蓝色始终保持敬意而不骄躁
因为那是大海一样的蓝是天空的蓝
疆土之上马蹄驰骋的蓝

你要学会看到死亡而心不死
你要学会超然世外而不看破红尘
你要学会消化雾霾而不跻身于门庭的荣光所在
你要学会扎根于尘土而不任意膨胀

渡口

涂琳

风雨中摇曳
渡口的船,期许着
一个抵达灵魂的人
上船

总有人失去什么
在年华的渡口,把自己
轻率交给
直达的工具

错失了更好前进的方式
把人生的绽放,囿于
岸边的风景
和一个墨守成规的人

游塘昌邑王城怀古

万洪新

长安有多远,巨野有多远
昨天有多远,西汉有多远
我与那个消失的王城
之间的距离又有多远

在鄱湖之滨
这个叫昌邑游塘的村庄
破碎的绳纹汉瓦
与夯窝上的陈年绿苔
在相互与岁月较力

唉　再长的距离
也丈量不出昌邑王的哀愤
用再多的五铢钱　马蹄金
也模拟不出一个王城的遗风余韵

探寻深埋于地下的城墙
才发现
泥土虽不善于表达
却是历史最具民族体温的守护神

夜宿篁岭

万建平

抵达岭脚村时,暮色也恰好抵达
我们五个人投宿在路边的一户农家
暮色投宿在整个山里。今夜的篁岭
除了我们投宿的两个房间灯光明亮
岭上岭下都暮色苍茫,连狗叫声也不例外

这是大年初二的夜晚,我们在篁岭脚下
点了几个农家菜,以亲情当酒
品味旅途的愉快和人生的微醺
首先被那条红鲤鱼看好的农妇的厨艺
在我们的味觉上,获得了不俗的赞美

我的小孙女快乐依旧,她从来不问到了哪里
只要和爷爷在一起,走到哪里都是家乡
此刻,她正安然地熟睡在我的身旁
我摸着她的小脸蛋,心轻轻地掠过她的梦境
我什么都不想,只想明天带她看更美的风景

母亲的裂纹静静地从骨针里穿过

汪峰

岁月是一堵黄泥墙

母亲在黄泥墙下

挥动剪刀

生活的布匹里

她照丈夫的样子剪下一套

她照儿子的样子剪下一套

她照女儿的样子再剪下一套

在黄泥墙下

她飞针走线　　缝合着

丈夫、儿子、女儿

最幸福的样子

斜阳把她的身影投在墙上

她身上的裂纹

静静地从骨针里穿过

四周是墙

汪伯林

无所谓黑暗。或者透明

顿时感到空气让人窒息

蝙蝠做急促呼吸

之后，不再有焦灼的躁动

倾听外界一切音响

有高山流水的韵致叮叮咚咚

很想沿黑色缝隙融入其中

融进一个缤纷的季节

然而触摸的边缘

左边是墙，右边是墙

冰冷的石壁布满原始图腾

目光攀附的地带

耸起一座座巉岩

兀鹰抖动双翅，做最后一次

悲剧性的超越

角落的老蚕结茧自缚

壁虎在咫尺之内不再爬行

进也是墙

退也是墙

采莲

汪吉萍

等池水结冰
等花朵出逃
是夜,月光落在左手上
远山和村庄退让了
朦胧之色将天和地,网在了一起

高处,是为悬崖
低处,则有弥漫的层层涟漪
要小心,用一个姿势固定一幅画
再见到莲花时,要对她说我爱你
愿离开尘世

这也是一种真情
没有比这更缓慢的时光了
一寸,一寸
慢到一滴水,托起整个春天
慢到一场大火,将人间烧尽

一生买卖

汪向东

趴在历史的墙头看青青的野草
飞过树杈的鸟不过是街头过客
老树昏鸦在磨盘里碾成河流中漂泊的木头
往事齑粉般从竹篓的空洞飘向枯藤缠绕的山峰

我只能在大街上行走,就像从森林里走出
背负着简单行囊,行囊里装满了泥土
有一条暗河在心里涌动
我用自己的方式在大街上叫卖我的一生
包括我的文字和我的肋骨

暗河里太阳起起落落
多少年充盈的血脉抵不过一片云
在大街上晃晃悠悠
人家都说我是疯老头

庐陵老街

汪雪英

庐陵老街,还是一百五十年前的老房屋

还是一百五十年前的街市图景

这里还是明清时期的生活状态

天时祺祥,状元楼里,住着的都是文曲星啊

谁不知道我们的庐陵地界

三千进士冠华夏啊,一壶堆花就醉了江南

自然,"江南望郡"的美名不是徒有其表啊

你看,老人家都聚在腊八酒坊,品尝新出的酒

大街上,孩子们在吹糖人

艾叶米果的香,飘荡在清风里,也飘得满街都是

花生的香,油茶的香,挑逗着我的味蕾

还有,此起彼伏的叫卖声

让你欣欣然有一种喜悦,跃上心头

甜爱街上,走来了迎亲的队伍

花轿里的新娘,盖着的红盖头,露了点出来

她的娇模样,仿如我奶奶当年出嫁时那年轻的模样

吹吹打打的锣鼓声,红红火火的嫁衣裳

哎哟哎哟的抬轿人,一路尾随看热闹的妇女与儿童

喜庆都挂满了眉梢

岁月静好,

一个吉安女童和一个庐陵才子

静静地站在街边，看行人如织

更多人，载歌载舞，也在舞台听戏

一百五十年前，这里是祥天吉地金庐陵，

一百五十年之后，这里还是祥天吉地金庐陵

我们，从四面八方而来，聚集腊八酒坊

饮古老的传说，听庐陵的欢歌。

漫步在古后河街吉地

看今朝盛事，怀古人文山公

之浩然正气

繁夏

汪亚萍

那时我梳起马尾
手中只有一条鞭子
那时我属于空空的山川
那时太阳素净地迈出东边山岚
那时西边的弯月单薄

群灵呼应,草木纷纷出动
莓子吐露酸甜的气味
狗拨开茅草丛,尾巴尖上挂着露珠
山风抖动稻田的绿色梦境
山风一样自由的牛群漫上山岗

在一片高地上
牛群以缓慢的姿态淹没我
因此我读懂老子的牛

老贼

王治川

其实。我不做小偷已经很久了
一九六六年盛夏。偷了妈妈三分钱
毫不犹豫地买了一根菠萝冰棒
从此酸甜地想来。老贼名头贼响亮

长大后赚不到钱。便视钱财如粪土
浩劫之后还在写诗。诗名远扬
偶尔被一个女人骂作偷心贼
也不计较。谁让她是我的孩子她娘

生活在天下无贼的斜阳之下
穿行于淤泥不染。流窜于琼浆不惑
司空见惯尔虞我诈上下其手的勾当
为了饭碗兜子。闭着眼睛长歌短唱

九岁从时光老人处盗得月光宝盒
已辗转飘过半个世纪的美好时光
静观人生百态。体味春秋炎凉
至今与几个老贼在江边自在徜徉

我是一片飘零的雪花

王小林

我相信,这场雪下了很久

仿佛知道我们要来

我无法承受这么神圣的嘱托

如果一切的虚空也可以如此的令人震撼

我宁可做一片飘零的雪花

结成冰凌　或者

站在一枝松针上

静候岁月将我焚烧

窗外还在飘雪

这场刀剑也无法穿透的雪

明天我就要回乡

雪乡仍然是他乡

来年故地重游

我坚信,雪还是今年这场雪

如此,来日不远

丁酉年初冬,夜宿鄱阳湖湿地草原

王长江

星星的美意注满草原

唯这翡翠的酒杯,配得上玉液琼浆

风有一饮而尽的冲动

鸟鸣散尽,蓼子花红和芦荻白

一样也转入幕后

涛声开始登场,唱独角戏

台词瑰丽,有着比酒精更深刻的销魂

一夜深醉的人,醒来接着喝

鄱阳湖的餐桌,盛得下落日,也盛得下

一个酒鬼吐出的真言

地铁内

王桦

又站在这丛林之中,有点虚
没有了感慨
我像回到中学的时光,在一个叫田畈的街上
看着来来往往的人在面馆门口徘徊
各自有各自的世界,沉浸其中
你不理我我不理你
偶尔有孩子在哭,哭得也毫无玄机可言
你依然是你我依然是我
还有少妇像是在寻找着什么
有穿破洞牛仔裤的学生扬长而过
一切的一切
都那么从容那么无奈和空灵
内心有没有涟漪有没有褶皱
你自己清不清楚都可以到站,和
下车

中年书

王晓忠

表面波澜不惊
身世却如乱云
人生犹如飘蓬
遮遮掩掩的秘密
欲说还休

有人冷眼应对生死
有人不想回头
沉湎于信誓旦旦的传言里
不能自拔
那些被岁月尘烟渲染的伤口
触目惊心,世俗如此艰难
累坏了的忧伤,一去不返

遇见过的人和事悄然消失
江湖的深浅与辽阔,从此陌生
浮云写下的悲欢
请忘记全部的悲悯
一个人的忧郁,让孤独更加憔悴

一点点雪的夜

王新民

如果不指明出处,那么
一点点雪的夜便毫无意义
好比一枝玉兰,若不是在你的窗前
盛开只是一种假象

那一点点雪的夜,在江南
在母亲河的边上
故乡与落日相距甚远,陶潜的南山
只有黄菊。白司马的江边,早没了琵琶声声

一点点雪的夜,陪着不眠的人
这是春夜,不知为了什么,诸神皆忙

黄昏,在赣江边骑行

王玉芬

进入黄昏后,紫娇花散发出蒜香味

小蓬草,是来自异域的绿

它们蓬勃生长,暗沉天气里

起到类似提亮肤色的作用

而当《斯卡布罗集市》里的鼠尾草成片出现时

莎拉·布莱曼的歌声,她美丽的面孔

都会在赣江边的黄昏里显现

金丝桃花,马鞭草,绣球花

诸如此类,种样繁多的花草

举办着色彩和气味的盛宴

更多时候,落日余晖映在荡漾的水面

横跨东西两岸的大桥在霞光中气势恢宏

红谷滩的摩天轮及高层建筑剪影

烘托出的现代气息,扑面而来

此时,一个人在赣江边骑行

穿过风,或者说穿过空气

应该是唯一的压力

此刻,赣江兀自横陈

黄昏静默,包容

一个巨大空间里蕴藏的孤独

堪称完美

岸上的石头

渭波

这个冬天
河流不再拍击船只
犹如一片破旧的帆

那些爱过水的石头
已经上岸
拦住鞠躬的枯柳
众多事物的皮毛和风声

它们用发冷的时光
迁移多余的棱角
在倾斜的天空下
使直立的雨点打滑

大地苍凉
我止步于
一块石头的裂缝
和它难以触摸的内伤

父亲做了一名保安

魏黎

父亲做了一名保安
高兴得几个晚上都睡不着
就像在老家
又开垦了一块
可以种作的田地

父亲做了保安
还把厂区打扫得一尘不染
就像他种的田地
没有一根杂草

父亲是做两班倒的保安
一天工作十二个小时
像在老家一样
起早摸黑
工资还没有普工多

父亲做了保安
老板很满意
虽然从没有正眼看过父亲
可父亲说
种这小子的田地
还行

看清自己变得很难

温永琪

他想看清自己

但时间不属于他

世界不属于他

白天里

他在奔跑

用的是汗和微笑

晚上他在梦里奔跑

用的是泪和怒吼

人世喧嚣

大雾弥漫

雾霾的颗粒在光里飘浮

他不属于自己

也不属于亲人

他是谁的影子的折射

他是他吗

他是你吗

他是我吗

故乡，慢在时光里

温永青

山外，山外，山外
远山之外的夕阳
稀客一般，从乡间赶来
太阳偏西，整个天空便暗了下来

乡下，乡下，乡下
故乡脚下的山路弯弯，花鸟相伴
忽而上下　忽而左右　忽远忽近
忽而安静　忽而阵阵躁动

山路弯弯
我想，我还是习惯走弯路啊
弯路，让我重新温习了一遍故乡的山水
走在路上，深一脚，浅一脚
脚脚落地，沙沙作响
一片又一片的树叶，片片都是童年的影子

我弯下腰捡拾着碎了一地的芳华——
捡着，捡着，慢慢地
我们也老了

洗鹤盆

吴素贞

一块巨石可以困兽，布道
住佛。可以令斧凿之声
还原万物
唯忘了它能洗澡，为一只鹤
我曾想过白鹤穿云
在流霞的尽头引溪沐浴
却未曾想，它也是人间一子
它的父为它觅石凿盆，洗浴
擦亮每一片羽毛
教它戏水，生活，思考
它越来越像个人
热爱洗澡。巨石聚水如镜
倒影着人伦的欢乐
我能听到的，是风声
渐远。石盆边缘光滑
仿佛一片羽毛。我摩挲着
"巨石飞向了天空之上的自由"
洗鹤盆的使命结束
一只鹤则被模拟成巨石
它在众目中喊：我的父……
人间再锋利的鬼斧
都无法复原它本来的模样

坐在烈马之上

吴红铁

此刻。需要矜持一些

除却溪水、河流、大海,身在嘈杂之中

我将以爱的名义认知眼前事物

父母妻儿亲人

我视为掌中最珍贵的秘密

一摊开

就已足够一生

我爱这世界,就需要再次冷静,又再次爆发

我以爱抚摸我看不清的事物

每一件都无棱无角

无言述说

索性,就骑上一匹烈马

在茫茫大地寻觅

或者,只坐在烈马之上,听其嘶鸣

直立行走

吴惠强

穿越懵懂的青涩
循着灯盏的光芒跋涉
有风如刀
贯穿脊骨

一条上岸的鱼
妄图分裂出双脚
奔跑
疼痛一度侵蚀信念

弓曲以后
要么释放箭镞
要么折损
星辰大海依然

无论直立与躺下
蜿蜒江河有生命流动

秋之惑

吴人庆

已经来不及回炉重造,秋风、秋雨、秋叶黄

盼望、等待,错过了叮咛、重托

满头乌发淹没在青春那条河

在日落西山的薄雾里

看到了无数张农民的脸,堆积了倦怠和生活

对着老天发牢骚,也无法更改的命运

从岁月溢出蹉跎,化作几行挽歌

对着高山喊一嗓子,纯朴、善良跌落一地

秋天很可怕,许多生命瘦黄、飘落

包括思想、美人

阳光很轻,有风送来了寺庙的钟声

两只正在交尾的蝗虫,被路过的水牛踩在脚蹄下

我站在田野搜索一片荒芜

无路,任凭秋风抽打自由

那些时光碎片

吴旭芬

我终于定居南方
而熟识的麦子和土豆
还虔诚地生长在湟水两岸

春天开河时冰凌汹涌
扔向房顶的三颗下牙
隔壁马家的梨树有一年没结果子
摘下山坡上鲜红欲滴的野枸杞
穿成一串项链

母亲用力按实一缸腌白菜
把那块扁圆石头压在上面
直起腰,长舒一口气

稻香、黍麦、竹风、杏雨
注定的伏笔渐次绽放
江南,便与我的西北相见了
它们握手言欢

中间省略很多情节
正是暗喻,只需要北方的山
江南的水,冷峻与柔和
渡我一生

堵

吴艳桃

五菱荣光堵住了
现代昌河堵住了
奔驰宝马也堵住了
不收费的高速
是一个笔直的停车场
细雨飘打车窗
我闻到了冷的味道
写给你的信
也堵在路上了吗？

给母亲打个电话

吴志芳

秋风凉了,我给母亲打个电话
想让一些思念赶在寒冷之前抵达

这么多年,母亲跟着父亲
走南闯北
一头青丝,在他乡染成了满头白发
如今,父亲不在了
母亲也停顿下来
一个人守在老家的旧房子里
挑灯芯草,种南瓜

她隐在深深的孤寂里
好像要让我一点一点地找不到她

午后的林子

伍晓芳

阳光进来，林子就静了

一棵与一棵之间

一叶与一叶之间，都沉默着

七里香淡淡的

过于浓烈，会引起声响

阳光中的一粒灰尘

飘浮，放大

占据了整个光晕

就像一个人占据了整个山林

她偶尔忧伤一下

叶子就会在身后掉落一地

午后的林子

一些人进去，遇见了自己

一些人进去，离开了自己

灯火南山

伍岳

南山不高，却耸立起整个南野的夜
我从熙攘的人群中逃离
推开岑寂的帷幕
看月光把星空洒下来
每一颗都能点亮一件心事
供蛐蛐在石缝浅吟低唱
整条山脊串联出想象的韵律
像银龙旋舞，盘踞在夜行者脚下
沿石阶缓步登临，倾听
夜风掏空寂静后，遗漏的故事

卖菜的大爷

伍忠红

他早晨起得比值守的公鸡还要早
踩着三轮车,沿路碾过
一片狗叫,三两鸡鸣
缀满黑布的星星

夜幕降临,城里的路灯
次第为他送行
他很满足,经常会有些小感动
今天,本来还要找一毛钱的
可那小伙子挥挥手,说大爷您别找

在他的早晨与晚上之间,塞满了
讨价还价和关于斤两的争论
菜市场腐臭的气味,掩护着他的汗臭
在菜帮子上走得很轻很轻
中午,一只饭桶——
昨天夜里备下的今天的午饭

挂在三轮车前的那个塑料饭桶
就像牧羊犬脖子上系着的铃铛
赶着365只羊,穿梭于风雨
卖菜的大爷
他是时间的富翁

仿老街

夏斌斌

复制　粘贴　把消失时间的

影像重新定格　显现出来

木柱木梁木榫替代

钢筋混凝土

祖辈回到摇晃的小时候

百年老店　招牌糕点　酱菜

又酸又甜断码的记忆　正在搜索中

一条曲里拐弯幽明的小街　酒旗风猎猎

吆喝声热气腾腾地出笼　一壶烫酒

二三碟盐卤蚕豆　几句拉家常的话

被戏台说书人绘得抑扬顿挫　讲述更老皇历的掌故

一声惊堂木　时间的镜子破碎

这个有着怀旧情结的年代　需要重新格式化

才能删除惆怅

我需要一杯酒

夏雨

消愁也好

取暖也罢

渐渐寒冷的秋风

让我想斟上满满的一杯酒

将自己灌醉,直到

不期待爱情和春天

像一位女诗人

酒,要独自饮尽

然后,走出她的村子

蹚过灌木杂草荆棘的路

立于山坡

仿佛看见万物生长、桃花盛开

若在雪中行

小盛瑭

必须赤着脚
便不会有太多尘埃
深深浅浅,全凭自己
不再担心哪一步走错
行至尽头
可以静坐,观云,听风声
然后,回望一路的苍白
我希望,等到一个后来者
请他告诉我路上风景如何
我会把所有的留恋假装成波澜不惊
不能回去了
这一段路已经走完
可是,我还要等一个后来者
一个赤着脚行走在雪中的人
请他
替我守下,世间的冰洁

她踮起脚尖仿佛体内宿有灯火

筱凡

肩颈发出咯咯之响,在黑夜
身体不被看见,长出蛇
长出冰冷的事物,惶恐不安地
缠绕着一只鸟

要趁春天,万物醒来
给孩子以琴声,以经书
仿佛记忆的土壤储存肥沃的幸福

而身体是一座宇宙
当她这样认识时,才真正开始
认识自己

她可以是水,抑或是火
可以是一尾鱼,抑或是一片海
可以是一朵云,抑或是一隅天空

她用了半生的努力
渐渐对一棵四季分明的树有了信仰
她踮起脚尖仿佛体内宿有灯火
它微弱、摇摆、向上,有轻拢的暖

纸片山

谢帆云

大半辈子给佛造像的陈石匠

丢了凿子扛起锄头

绕着纸片山一圈一圈

种脐橙，一直种上了山顶

这座雨水站不住脚

荷花、水稻也上不去的

纸片山，终于成了

长着一圈圈螺发肉髻的

大佛像，端坐在

陈石匠瞳孔里

面向夕阳

谢飞鹏

选个合适的位置
面向夕阳
一座小小的山头
一弯浅浅的河滩
或是一个低矮的楼顶
趁着夕阳还未落山
我把目光投向远方
让归鸟顺着我的视线
飞向林梢
让暮云裹着我的思绪
翻腾奔涌
让黑暗朝着我的身躯
倾泻而下
最后只剩下我背手独立
对着满天星斗
默然无语

北方看雪，想起南方的冬天

谢荣生

雪很轻，看它飞舞的样子
似乎与冷无关
继续下去，可以听到雪压断树枝的声音
在南方看不到这一幕
南方的人用想象去完成这一构想
他们伸出手，有凛冽的风吹过
这一刺骨的感觉
就像是雪压断树枝的疼痛

走出去，需要时间
把一切丢下，成为孤身的自己
这很残忍，就像叶子离开了树枝
雪离开了天空
在下落的途中，它还在想念
它在树枝上生长的春天

也许在很久之前雪就光顾过那里
它把余温留给了风
南方的风在冬季也藏有雪的感觉
它经过的时候却是那样的重啊！

沉船

谢胜瑜

不要猜测聂鲁达
爱哪个女人
永远。永远不要
知道的,已经知道
不知道的,一直都会找不到秘密的通道

一个男人通过一个女人
抵达女人
或者说,男人通过女人
抵达一个女人
在同一条船上,百年修得同船渡
这是事实。一个铁的事实胜过一万句雄辩

事实的树结出的情意果子
金贵如海底沉船里的古器皿
载舟。覆舟。浩瀚的水啊
一毫米指尖唤醒触觉
千年修得共枕眠。时光的花瓣勺样盛满朝露

聂鲁达的诗歌。不是诗歌
恍若海面的浮标。指引和救赎众生
鱼汛期来临,请打捞珊瑚深潜的爱情

老屋与狗

谢永旭

黄昏,老屋颓立风中,形销骨立
漆雕的旧式窗,静淡而深邃
若世纪之眸,看破了
世间的万种风流,落叶
无尽飘零,遮盖着古村的忧伤
往昔嬉逐的青石小巷
而今已成残壁断垣

百代人的故事,百代人的悲欢
仍由来者慨叹
黄狗,蜷身现实的夹缝
瑟瑟发抖,从大山的坍塌里
它望到了恐惧,在古榕的即伐间
它感悟了孤寂

城市的铁骑日益逼近
老屋迷惘于翻涌的沙尘
然后一片片倒下,并走向文物
走向安好
梦在夜的海上作零点漂移,直到一切
都已成为剪影

飞天中国

熊国太

从不曾离开,也不曾徘徊

从不曾失落,也不曾伤怀

就是这一支飞天,怀抱琵琶,轻拨银弦

从绝美敦煌到巍峨昆仑

从绵延天山到九州中原

一路跳着音调古朴的霓裳羽衣舞

夜夜飞歌,日日回旋

就是这一支飞天

在王之涣的《凉州词》里飞过

在王昌龄的《出塞》曲里飞过

岑参用《白雪歌》为她离愁感伤

李颀用《古意》和《琴歌》为她慷慨悲凉

就是这一支飞天

从茫茫雪山戈壁到气势恢宏的长安

从苍莽旷远的雪国到凌波浩渺的南海

王维用"大漠孤烟直,长河落日圆"沉吟过

高适用《燕歌行》高歌过

李白用《忆秦娥》来肆意抒写豪情

李清照用《声声慢·寻寻觅觅》来揪心哭诉

就是这一支飞天,见过庄生梦里的蝴蝶

梦过自己口吹银笛,手捧雪莲

陶渊明看过她臂挎花篮,南山采菊

陈子昂用千古风雅绝唱托付给她汉魏风骨

张若虚在《春江花月夜》里描摹过她的良辰美景

苏东坡用她的月色倒悬过自己的身子

而月色总在有雾的江边等着

让辛弃疾的利剑斩不断北望中原的长叹

让雄浑豪健的陆游和文静灵秀的唐琬

坠入"错错错"和"难难难"的泥潭里锥心

就是这一支飞天,在东方朗碧的天空下

有清泪千年蜿蜒为芬芳

有月辉万里绵延为梵音

她青梅竹马过,心有灵犀过

柔情似水过,悲欢离合过

就是这一支飞天,在河汉袅袅浑圆将落的夕光里

凤曾毁于火又生于火

披发浪子撑灯长歌当哭

她物是人非过,怒发冲冠过

柳暗花明过,万紫千红过

但她从不沉迷于重重关山的离愁别恨

更不迷失在舞影凌乱的岁月之河

就是这一支飞天,她是春草碧色

春水渌波。是一川烟草,满城风絮

是一片冰心,落红飞花

是疏影横斜水清浅,暗香浮动月黄昏

是寒蝉凄切、对长亭晚的羁旅者

是小楼东风,故国月明的怀乡人

活着,她化作啼鹃带血归
老去,她但愿人长久,千里共婵娟

就是这一支飞天啊,这一支飞天
她是且歌且舞的魂。是浩瀚无垠的长河
是欢乐盛满五千年的东方牡丹
是成了千手佛的飞天
她,永是层峦叠嶂、雄峻磅礴的高山
一声声音书绝又千万结的中国

铁

熊加平

对一块铁的敬意
来源于父亲,他的硬脾气和直性子
更多时候他也是柔软的
像一块铁,弯曲成锄头、镰刀
弯曲成土地上
永不抬头,深耕的背影

现在,农村机械化
铁回到铁
父亲却回不了自己
他躺在铁灰色的泥土里
成为土地的一部分

冬夜

熊建军

冰冷的风中，我们走着
大街渐渐在内心沉寂
路边的树隐忍着青翠
这是南方，这是我们
在霓虹灯下的倒影

许多年过去，我们依然在异乡
承受与生俱来的命运
我们用心丈量生活
灵魂与村庄的距离，越来越远

风还在吹，干裂的嘴唇
守护怎样的誓言
孤独的寒意侵入彼此的行程
我握紧你的手
像握紧炊烟温暖的力量

你忽然说：家里该下雪了
是啊，这是冬天，在南方
我们等不到那一场雪
城市苍白的月光，正披在我们肩上

在地理历史里找寻奉新

熊敏剑

旧日行吟处。我，一个过客
在地理历史里找寻奉新

在千里山川中找寻
五十弯潺潺潦水　摇曳着梦里水乡
潦水尽而寒潭清
河畔的青云塔、新安塔
到回澜塔、文峰塔
坚守的不仅仅是护佑生民
八百里绵绵群山　婆娑出人间仙境
越王山巅的云旗　挥舞着
历史的跌宕轮回
穿过华林书院长廊　隐约可见高士云集
或清谈纵横　或情系社稷

在故纸堆上找寻
"天下清规"中端坐无数高僧
百丈寺的晨钟暮鼓，伴着
"一日不作，一日不食"的生生不息
耕香院，泼墨出八大山人不羁的山河鸟鱼
《天工开物》里长出璀璨文明

应星晚不出仕，高士风骨依然延续

翻出唐诗宋词,我分明地听到

道由白云尽　云深处

仍是风声　雨声　读书声

还有书生报国无地　空白九分头的

一声叹息

在芸芸众生里找寻

应升自尽　绍轩复辟

是迂　是愚

加伦鼓动　碧华燃灯

将执着刻上生命的高度

是忠　是诚

我,只是一个过客

在地理历史里找寻奉新

找得到魂　寻得到源

哪怕是一颗终归大海作波涛的潦河水滴

我也要奔流

不息

草

熊志华

无名的草立在无名的低洼
还好
风,雨,阳光都在守候
从没有想过高过谁的头
蚁在身上游走
蝶在身上偶留
格外珍惜和享受

草的梦想是去对面高高的山顶
太高了,可能吗?
不可思议的幻想

有一天
身体从地里拽扯出
草编的帽去了山顶
生命完结
草终于高过了山的头

愧疚

徐真柏

写诗几十年了,尽管有好长一段时间
在山路上攀爬,找寻充饥的果实
丢失了很多怀抱中的词语
那些温暖的、疼痛的、忧伤的
和我同枕共眠的感觉与文字
离我渐渐疏远,疲惫的身体内
却装满了阵阵鸟鸣、潺潺流水,还有
山风凉爽的清醒、走向远方的笃定

现在,我又把诗歌轻轻捧起
像抱着久违的亲人,紧贴着脸颊
但我还是感到愧疚,我没有为它
喂养过抵抗风寒的良知,我甚至
不了解它心中的渴求,看不见它
由表及里的一寸寸渗透的温暖
好在我还在山路上攀爬
那高处的风景,低处的人间
那若隐若现的现象和事物
都在等着我去一一打开
好在阳光依旧朗照,山风依旧频吹
正好医治我的愧疚之伤疾,
不远处,窜出一条清澈的溪流
牵着我踏上疗伤之路

北海的风

徐国亮

千万不要小看了
北海的风。它其实来头挺大，它来自
海上。无祖籍，无户口，无社保
也不归
北海市政府管。它只是路过，吹个口哨
北海的八月，就凉爽起来
是啊，它是自由的
想走就走，想来就来，没人能够阻拦
它散个步，就从越南到了北海
再遛个弯，又从北海去了越南
不带护照、边防证
如果天空布满乌云，下起大雨，北海的风
也能让海面保持克制，你看
渔船刚刚开海，在海上一字排开
北海的风，像母亲守着婴儿床一般
让它
在夜里轻轻摇摆

崇山村

徐勇

长久以来,我一直渴望移居乡下
移居这么一个四面环山的村庄,再也不用
每天为之奔忙

如此多好。与清贫为邻,与善良为伴
那儿的天空湛蓝如洗,就像我光着屁股的
童年时光。空中偶尔飘来几朵白云

也是来去自由。不像我,从来就不知道
什么叫散淡,还有那瓦顶升起的缕缕炊烟
总令人察觉世间尚存些许温暖

蔷薇花开

徐勇华

一见到蔷薇我就是个义无反顾之人
一丛,一簇,突然白到碎,红到透
在天地某个角落伸展,蔓延,爬升,缠绕
直到是我要遇见的样子
春风来,吹不动

我承认,开在坟地的白蔷薇
比我更早来到人间的中心
她带刺的藤蔓上层叠的赤裸的花瓣
总会引来尖叫

人过中年,不再追求奇花异草
一如蔷薇不选择土壤,阳光与雨露
存在就是创意她的世界
将过客一一领回归去的地方

蔷薇花开,一条弯曲的路没有尽头
她刺伤的昆虫,她盘绕的枝梢
有幸与不幸的交集
都似我们再也无缘相遇的人

孤独的诗歌朗诵会

徐春林

在诗歌会的朗诵现场只有两个人
一个是我,还有一个女人
我是朗诵会的主角,是诗人
她是朗诵会的承办者,是听众

我是个落魄者
是个所谓的诗人
所有的诗只写给一个女人
一个对生活充满阳光的女人
我没想过,我的诗最后却把这个女人湮没在诗歌里

而她很自信
就算只有一个听众
也要将诗歌朗诵会如期进行
而我给她的只有失望和悲伤

我把所有的诗歌撕成碎片撒向了天空
如海的浪潮淹没了最美好的语言
我看见她
用泪水为我的诗歌朗诵会谢幕

昌邑王的古城

徐良平

鄱湖之滨
赣江之尾
汉废帝废了许多汉味
包括昌邑
那座王的古城
那座物的古城
已迷失在湖水　泥淖
以及湖底的荇草之中
而那座精神的古城
却鲜活了两千多年
在遍及乡村的下河戏腔
在乡亲们的口口传诵
在今天的春风十里

不要怪他

徐琳婕

夜半的敲门声,像鼓点般

砸在心上

爸爸一骨碌从床上爬起

大人们聚在一起,窸窸窣窣

农药、私奔、卡车……

这些简单的词汇

串联起命案的前因后果

那个答应和她一起私奔的男人

逃离了现场

妈妈说,她乌黑僵硬的身体

蜷缩在男人的卡车里

遗书中写道:不要怪他

失眠的夏夜

许萍

无边的黑夜像一张铺天盖地的网
全世界都睡着了
唯有我像一只被捕的螳螂辗转反侧
在黑夜咀嚼睡眠开关失灵的滋味

我总在怀疑,是这南方多雨的天气
惊扰了我的好觉好梦
可是我的家人却把这雨声当成了催眠曲
半梦半醒中　我听到了他们香甜的呼吸

我试图穿过这些黑夜和风沙
去握住一些什么　或想找一个人对话
可是黑夜里一片冷寂和空旷
没有谁能照亮我今夜的路

我无法描绘心底时而涌来莫名的情绪
也无法写出惆怅和痛苦的理由
生活　无论是幸福还是忧伤
天亮后　我都必须一步一步往前走去

越来越不明朗

许天侠

对于工地,我总是不愿意去触及

那一群谨小慎微的人

和我并无差异

其实工地很大,装得下泥土、沙石

钢筋以及他们的小日子

可是风也辽阔

高高的塔吊里面,那位司机

每天都在七上八下

平时寡言的他们,偶尔会抽烟

吐出的烟雾,在这年关

越来越不明朗

父亲与酒

许小良

小时,父亲是谷子喂大的
大后,父亲泡在粮食精里
一不小心
他就将自己喝入二胡

春天,喝下他倒的小半碗
数不清烟花几许
秋天,我像他田里的一株稻穗
瘦却结实

酒,是父亲的情人
母亲却从未吃醋
季节的轮回里
酒成了人间最美的孟婆汤

一生卑微的父亲
一世酒香的父亲
在天地间行走
不带走一粒尘埃

夏日往事

玄河

多年前也是夏天,他拨通电话
向女孩打听另一个女孩的消息
她说暑假她们很久没见面
"我每天要练九个小时钢琴。"
她语气温和,带着歉意补充道
她应该没有扎起头发,但耳朵
一定露了一半,挂电话时他这么想
烈日下稻草泛香,泡桐树上
蝉声嘈杂,暴躁如热锅里的豆子
多年后他听莫扎特,琴声中
那个消失已久的少年缓慢现身
披挂着浑身的薄荷与井水

步调一致

雪青马

微雨黄昏,乍暖还寒的春日
黄昏,打雨伞散步
伞搭在肩上,北风从背后拍打伞面
——脸却是暖和的

待调转方向,北风扑面而来
——伞也无法招架
于是尝试着倒行
——脸是不冷了,脚下却忐忑
(生怕被别的什么挡了,或者
成了别的什么的障碍)

当我倒退着前进
我看见,世界与我互相推开,推远
——步子越快,互相推离也越快

当我倒退着前进
我发现,我与这世界的步调惊人的一致

戴口罩的天空

颜溶

一张看不见的脸

只留下眼睛。被删除的嘴和鼻子

是呼吸的进口与出口　隐蔽中有着

安全的通道。戴口罩的天空

它的云彩也是忧郁的。没有蓝的灰

悬浮的颗粒。它巨大地移动

一片肺。可能的一片巨大的影子

可以标识的人群:公交车上。的士上。自行车

背挎包低头弯曲的速度里

它移动一块厚重的阴霾

在某个具体的时间不作识别

罩穿在天空的一件单衣。也是隔离

像面临一场瘟疫

这个城市心生恐惧　又面色从容

惠山情书

雁西

寄畅园,五月的时候,细雨,飘了过来
这时候满池的金莲开了
当我们再次相爱,彼此理解
像太阳和月亮
无须相望,也会有光芒
这个时候不会有雪
无须等她
她已经爱上了别人
我选择爱你

思念的距离,从一千多公里缩短到零距离
不分白天和黑夜,银杏树陪在你身边
大海陪在我的身边
只要想想,那些有过的时光
苏东坡来过,写过诗,爱过你
乾隆来过,题过词,也十分爱你
雁西来了,写情书,像中学时代暗恋女同学
在彼此的心中
见过,便会有回忆
惠山,你的美,不会老
经得起时间

只有青草焕然一新

雁飞

点开微信朋友圈
表妹的感伤,赫然映目:
日子过得太快了
一晃,亲爱的妈妈走了五年了
我不禁泪水涟涟
是呀,岂止太快,也很久了
久得岁月足够荒凉

我刚才去过的那片墓地
就有好几座坟墓
因年代久远没入山坡
无迹可寻
山坡只是山坡
杂乱、荒凉、寂静
只有青草焕然一新

下了三天的雨

严平主

下了三天的雨
终于下到我的头顶
落在绵延无尽的禾叶上

我取下草帽
放在田埂上
用一块硬土压着帽檐

一阵大风吹来
我发现自己的这顶旧草帽
借着风势
居然能飞起来
且飞到了小河的对岸

吊故乡

岩泉

祖先栽下一片树林

树林灌注了一眼古井

古井养育了一村乡亲

乡亲厮守着这片树林

如今,老了树林

枯了古井

走了乡亲

只剩下一棵千年古樟

在村口孤苦伶仃

几只寒鸦

像吟诵绝版的《诗经》

到人群中去

亚凡

突然有一个念头，
很想到人群中去。
谈话声破碎交织着，
孩子在大喊大叫，
东拼西凑了一张网，
将我这个溺水之人打捞起来。

突如其来的空气救赎，
我小心翼翼地贪婪着，
用力地吸进身体。
水从我眼里滑落，
一两滴温暖抚摸过我冰冷的面颊。

在触摸到死神衣袍的一瞬间，
温暖终于来临，
陌生的熟悉感击溃了
我的提防，
身体溺满的水在这一刻永久告别。

我轻得像块海绵，
却在东拼西凑的网里，
睡得沉沉。

狗说

阳阳

我再次回到乡下时
这只狗终于有了春天的气息
脑门边的两片树叶长了些
见我时就死命往两边扇风,绿色的
尾巴上有发动机连绵不绝的轰鸣,山风呼啸
河岸两旁的芦苇与竹木,将腰身弯成音符
握手时一只红手镯最是醒目
告诉我这个年份的春天不仅属于她,还带有喜气和祝福
我心里有火焰上升的动感
亲人重逢,沉默与对视是最好的表达

说实在的,我经常想她
甚至将夜晚想得泛白
太阳升起时眼睫还挂着未尽的雨水
她洁白瘦小的身子楚楚动人,滴着剔透的露珠
乌黑的眼睛流着春天的河水
水草肥美,群鱼闪烁,童年疏密相间
不紧不慢的步幅晃动迷人的裙裾
把她藏在心里时窗户都会亮起灯光
照耀苍白的迷路者

座钟

杨瑾

柜子上的那台座钟
是我家祖传三代的
祖父和父亲早就不在了
我虽不算太老
但也被生活折磨得疲惫不堪
我常在座钟旁边的旧沙发上打盹
我没梦见过喝水的狮子
也没梦见过行走的大象
但我梦见了我少年时代的
夏天的那片树林
蝉叫声壮阔辽远
当我把竹竿伸向其中一只时
就醒了,定了定神
耳边依然是座钟
衰老而坚定的声音

一朵残荷看我

杨景荣

这么多年

老婆看我

儿子看我

领导看我

同事看我

学生看我

八十多岁的老娘看我

都觉得我是一个正常的人

今天早上

在教学楼西北角的池塘边

一朵残荷看我

发现我是一个不正常的人

太阳溺在水里

血染红了池子

我却站在岸上

无动于衷

弗里达·卡洛

杨北城

弗里达,你让我浑身不安
危险的爱情,倾斜的蓝房子
这些快活林的诱惑,都同时出现在
残酷的月光下,那就必须有两个弗里达
一只奔跑的小鹿,你忽然命令它停下
一颗高举的心脏,你让它倒流不止
我和里维拉,往一旁闪了闪
大象和鸽子的登场,让整个世界
向墨西哥伟大的荡妇致敬
而你可以在众目睽睽下,把诗歌的灰烬
加入现代主义的调色板
让钢铁的蝶翼薄如术后的画布
这还远远不够轻佻和放纵
"倘若我拥有能翱翔的羽翼
双脚于我还有何意义?"
尽管身体是枷锁,但你的灵魂永远自由
弗里达·卡洛,弗里达·卡洛
一个人,不能同时遭遇两次灾难
但我不能替你承受,你也无法逃开

大伯

杨学全

我只有一个大伯

父亲的堂兄

读过私塾,当过伪乡长

但一辈子还是农民

他身材短小,说话轻言细语

即便是教训子女

也显得有些力不从心

可当他走进田垄或者面对河流时

他的眼睛会特别兴奋

仿佛看见童年的一段时光

他坐在私塾

心却还在黄昏时的池塘间游荡

他一辈子很少走出坪上村

偶尔出门,也只是走亲访友

那个年代,坪上村不大

十几户人家和睦相处

瘦小的大伯时常在村子里转悠

就像当年在那个狭小的公所

以乡长的身份

丈量着他所管辖的山山水水

在《道德经》里同情一株吊兰的成长

杨启友

有西风蓄势
待发,心思累累
相看古道一条,遥别
秋日瘦马

打开黄皮封《道德经》
随手翻到:
"道可道,非常道。"
白露立起,伸手惜握与你

再读:
"名可名,非常名。"
书桌上的吊兰钟于你所赋
深情,早陷入一副痴人的倾听

秋天折腰过去,吊兰还会
要坚持现在的样子陪你过冬
只那时,被执念过的:
"道生一,一生二,二生三,三生万物。"
已被白雪覆盖茫茫

慢书房

杨宝珍

仿古街静到让我不安
毛笔文化博物馆就更静了
一群有些来历的毛笔住在这里
住在这里的还有
周汝昌的信　流沙河的联
还有启功的题字　乾隆的御笔

一只鸟掠过荷塘　穿梭无妨
园柳鸣禽　墨香书香
这分明是一个书房
一个读书人安顿身心的慢书房
娱乐至死的年代
再没有比这更好的书房了

涅瓦河

杨国兰

拉多加湖,冰下之城
尘封几个世纪,浮上水面
火车又一次轰鸣

当你仰看教堂穹顶
可细数波罗的海的倒影
穿过阿尼奇科夫大桥
可听见亚历山大战马扬鞭的声音

彼得保罗要塞
刻着陀思妥耶夫斯基的灵魂
西伯利亚的风
送来呐喊,拷问
这人间之罪、罚何时降临

这时,你在涅瓦河迷失方向
沿着森林,那些人影,瀑布,波光
带你跨过铁栅栏
在花园里流浪

笔墨

姚雪雪

一滴雨

搅动一湖涟漪

一束枯竭的光

映照在荆棘之上

经历一张白纸的生死

万物是白纸的镜子

我们是镜子里的碎片

是从未遇见的别处和自己

一支笔斜插在大地

笔墨晕染到天际之外

在那里呼吸

在那里安息

它划过的声音

刀痕般细微而坚定

在荷浦，我隐进云堆村的一朵荷花里

姚丽蓉

盛夏，我隐进荷浦云堆村的一朵荷花里
再不提流年的忧伤与宿命
只安坐于诗行与菩提花开的结缘
草色浅浅如烟，池中小荷尖尖
十里荷塘，十里莲香
总是不小心就走进了《诗经》里
走进稿纸上，一花一世界，一叶一如来
只有晶莹的水珠才能在荷叶上跳动

在这夜色如水的月光下
一朵朵荷花，羞涩了一池莲影
一群文人雅士，举杯，醉看花开

坐在窗前听一声声蛙声鸣叫
微风拂过碧绿荷塘，一回眸
透过如镜的湖水，又见衣裙飘逸
在光和影的呼吸中，绽放成优雅的笑容

一个古老的传说，从诗意的荷浦乡里
悄悄流传。写不尽的民俗故事
画不完的风情美景

一如眼前的荷花，开了又开

笔名夜舟

夜舟

现在写诗都不用笔了
我还保留着一个古董般的笔名
保留着夜晚皮肤的记忆
保留着夜色血液的流淌

每当夜幕降临
我推开一扇窗
就能把自己漂流出去
所有的路都是液态的
每一个方向
都有我的道路在延伸
都有我的词语在生长

我用墨写诗
用煤写诗
用夜晚的黑色写诗
用乌鸦的叫声写诗
用老家烟囱的呼唤写诗

我的诗
用笔名发表在水上
要用月光显影才能看见

突然想起一个地方

殷红

突然想起一个地方,想到

那栋陈旧的石头房子

池塘在前

菜园在后

月光落在屋顶

白云沉在水里

远一些的山岭上

寺庙与僧尼都看不见

他们隐匿在云雾和茂密的树林后面

只有无心的唱经声

断断续续

溪水中的一块石头

翻了个身,藏起了圆润的一面

突然想起一个地方

那滴隐藏了多年的泪水

终于流出来,被风吹向夜空

只是带我数星星的那个人

已离开多年

活着

尹宏灯

要果断地向神明低头
要果断地向山河低头
要果断地向刀斧低头
要果断地向塔尖低头

安心做一个认错的孩子
就老老实实地伏在大地深处
让每一根血管连着土壤,每一口呼吸
吮着泥浆。让自己静静地
长成一株肥沃的庄稼

微风拂来,偶尔抬抬头
望一望远方、蓝天
此时的目光,安详而宁静
此时的自己,凝成一首诗、一幅画
成为别处的远方

入秋

尤佑

习惯了
用舌尖抵住将死的牙根。

我并未享用过量的幸福
那颗蛀牙过早地谢绝欲望,如枯桩。

在我年轻的身体内
已有太多不可控的因素。

亦如发出的承诺,未能兑现
一颗折损的心,预兆天空的沦陷。

入秋后,天干物燥
火气灼烧西天霞光,枫叶般一声声喊疼。

我用尽口舌之力
只为忍痛说出这蓬松的秋意。

旧居

游华

时间恣意泼洒丹青

墙成为抽象大师的画板

野藤作为主线条

随着岁月蔓延开来

古朴、典雅

诗意盎然于春夏秋冬

主人留恋它又无奈离去

窗外的人说着屋内的故事

房里的人向往外面的世界

风风雨雨

增添这座江南小镇无限情趣

窗子终于开口

对所有驻足留影的过客说

能成为你们的风景

是因为我们同样有故事

在天涯海角

于学荣

这就是天涯海角?
海浪凶险而寂寞。
没有春天,
没有社稷江山,
甚至没有逃亡之路。

回头吧,回头是岸。
你回过头来,
大路朝天。
故事将重新开始,
不是苦海无边。

我从几千年前赶来,
没带来皇帝诏书。
我是表情坚毅的辞学家,
为你解释海不枯石不烂,
让天涯海角凄美动人。

这是真的? 爱你到天涯?
空洞的海潮,誓言。
是开始还是结束?
我的歌寻你到天边,
赠你秘制的解药。

走近胡氏宗祠

余佃春

村庄的根,蹲在低处
老房新房,年轮秩序井然
古井养红鲤更养人

半月池有莲打坐,古戏台高腔不弹
天井泄漏四百年天机,中堂柱柱
都是栋梁之材

过桃源不用下马,出官溪仍我江山
清华宗脉,果然离徽州不远
徽州,离根不远

夏日将至

余培

夏天就要来临,我们
像两条涨水的湖泊
雷雨猛烈,泥土芬芳
遇见你,我决定
秘密交出杏花痴情的种子
石榴甜寂的微笑,交出体内
所有蛰伏的蚊子
它们曾不断,舔舐我爱你时
镇定的内心。这些
如今我都一一交出
让它们飞舞,在夏季
吮吸我们滚烫的血液
我还要交出余生的月亮
交出惭愧的自身,这么多年过去了
我也始终无法拒绝,一株水仙的生长
开出花瓣,每一朵都那么像你

寒雨

余四梦

蜗牛饮足了清晨凉爽的露

懒洋洋地爬行

在肥厚的叶子上留下银白的痕迹

太阳暖烘烘地照着

它在想,世界这么大,怎么也爬不到尽头

当寒雨袭来的时候

它躲在叶子下

叶子像海上的扁舟一样上下起伏

它知道冷雨是天堂的使者

它们连绵不绝

细密如流星划过天际

留下杂乱无序的光影

在它渐渐变成一个空壳时

它思念着眼前越来越长的马尾似的水草

还未来得及有勇气表达恋慕

就这样,匆匆而又永远地收场了

雪夜

雨慧

秋葵断下头颅后。她看见
风是硬的。看见
斜插青艾的一截长衫有了褶皱。
黑色的梯子很长

枯死的荷条捆扎在盐渍藕片下
荻花顺着泪滴飘落
白花花的盐渍漫过去,蝴蝶枯萎
等月亮落下,低于圆镜。

她看见死多于生。写下的地址露出浅浅的齿印
雪在煮酒,黎明的窗前太阳晃了一下
就走了。你喊抱你一下
她就轻轻抱了你一下。

沉默

喻军华

夜的沉寂让人窒息,
似无数只手扼住我的咽喉。
恐惧让蛙群停止了歌唱,
只有白如墙壁的灯光,
无休止地抚摸我。
我渴望的手,
我渴望的人,
在哪里?

黑夜终止了白天的俯瞰,
却无法平息一颗心的想念。
斗室之间的丈量,
身影宛似硕大的脚印。
我听见一声孩儿的啼哭,
我知道那是一个家温馨的夜语。
我渴望的,
我企求的,
在哪一个白天出现?
又在哪一个黑夜相拥?

赣南四记之夜游记，并与李之平

曾纪虎

游历者来到南部的夜晚，他的心魂也是轻的
他尽早离开饭桌，抽烟；夜灯——浏览宣传画片
他看到一个年少的小伙子逐渐穿上民族服饰
蜕变成眼前人

热心而开朗
他身上的活力是某种珍贵的勇敢
然后，排成人字形的畲寨风味的酒坛
在夜灯下，如两列幽灵蓝光外溢——

以至它们自己身上的圆的内收，仿佛
确有奇异印迹

如金色下坠，廊桥上走来几个本地妇孺
负载一片稀薄的夜色——
这儿有一座凌空而起的金色场域
一座空白赌场

就着水面上的黑，就着摇曳而墨绿的南方的苇间风
就着水中萤虫般漂浮的光点
诗人们淡淡的醉意接近了灰暗圆弧

行至大屋场附近，高空中的月亮快近圆满
无人可与之言；一切皆混沌，并从头再来

谷雨花事

曾绯龙

一朵花藏在另一朵花里
一枚果子藏在另一枚果子里
一位少女的梦藏在一位少年的梦里
一段谷雨花事藏在我的乡愁里

灰褐的田野打开银河之灯
桃花、杏花、李花、油菜花
齐刷刷亮出各自的光芒
或浅淡，或浓郁，或羞涩，或昂扬
花瓣薄嫩
汁液丰沛
成为蝴蝶恋爱时相互馈赠的羽衣
蚯蚓慵懒地打个哈欠
缓缓拉开黧黑的幕布
让蛰伏一个冬季的花的光芒
照耀新的生活

还有野菊、树莓、勿忘我，带刺的蔷薇
也一起亮出独一无二的灯盏
灯火闪烁
像童年的梦呓
多么熟悉的忧郁

田埂上农人的背影微凉

锄头微凉

天穹之下,万物苏醒

游移不定的花香

让一切微凉之体拥有温润的注脚

缤纷的色彩一泻千里

淹没山峦、石壁、草坡、沟壑

一直蔓延至一座苍黑的古祠

几阵鲜嫩的布谷鸟鸣

几声清脆的唢呐

几串热情的鞭炮

就链接了一场乡村婚礼

让三月最妩媚的绯红的花色

扑哧跃上新娘嘴角的笑靥

父亲的遗产

曾和好

父亲那年

走得突然

我来不及哭

他也没留言

下葬入土时

棺木上那颗钉

扎进了我胸

怎么拔

也拔不出来

钉一直悬在

我心脏边缘

时常提醒我

小心行事

不可有过激之举

不可怀非分之念

就这样

钉和我

我和尘世

相安无事了

这么多年

寺井之蛙

张永平

多少年了。困在山寺老井

我在井里
静心、禁言、打坐、诵经
希望有一天
水位上涨,我一步登天

每天都有好些磕头的闷响
我不知道那种谦卑和虔诚
是否感动高高在上的佛祖
但我已原谅挖井的人

我对佛保持敬畏
尽管我有一肚子的苦水
但我看到,佛的手
总是侧立在心前
从来没有一手遮天的意思

遗憾

张应想

一辈子喜欢一个人
从没表白过
写了满满一抽屉情诗
唯有自己一个读者
收藏了一屋子乐器
不会弹一首曲子
无数次在一扇门前徘徊
找不到那把钥匙

三十岁的女孩

张岚

我隐约听见一座村庄

背后的私语

于是,黄昏经过树梢的时候

她春天般的乳房,成了阳光下

莫须有的罪恶。连同

书角的折痕与镜框的磨损

——这些年,她对它们

视若珍宝。

在经历一场风暴之后,一切开始学会

沉默。沉默。

纵使

她曾用她女人的躯体,扛起过

一座森林

走过一片松树林

张丹

去太爷爷墓地
须经过一片松树林

树林坑坑洼洼
枯枝与落叶
是天空吐出的恋语
光秃秃的山丘
挺起光滑而圆润的孕肚
阳光受孕了
把弄手里的万花筒
有东西从天空降落

幕阜山深腹
一丛松针　齐整整地趴着
挤在太爷爷膝下
像极了他千万个孝子贤孙
其中一棵最有灵犀
他扎着七色带　匍匐最前

白鹭

张建军

喂养星辰

喂养明月

喂养黎明

裸露晨曦吧

船夫的号子湿漉漉

如你尖尖长长的喙，由远而近

不飞翔

不展翅

不花容月貌

只与水对饮，斑驳的木桩

青苔如黛

在草丛里栖居，在草丛里生儿育女

每一个轻盈的步履

弧线是那样的款款曲曲，弯弯而起

吃下星辰，吃下明月

吃下鱼和虾

不着一语

只从茫茫的湖面转起身子

天空就割下了一块白云

落下

张明辉

雨落下来的时候
风也跟着落下
一起坠落下来的
还有空气中的尘埃

这些渺小的生灵
遇见了雨便失重
坠入泥土将自己掩埋

我躲在屋檐下
看见雨点正追逐一群蚂蚁
逼迫它们亡命天涯
看见时光从屋顶落下来
从我的脚上、腰上、胸口
向上蔓延，快要将我淹没

江湖锁钥

张小康

石钟山，
就好像是一把石锁。
锁在鄱阳湖，
流入长江口处。

朱元璋与陈友谅，
曾经在此大战。
曾国藩也曾经在此，
与太平军鏖战。

告别了硝烟的历史，
山上点缀着一些亭台楼阁。
游客们指点着江山，
要看那清波与浊浪的分界线。

我想陶渊明一定也和我一样，
从小就在这石山上玩耍。
有时我也想学那苏东坡，
去绝壁下做风高浪险的考证。

火烧云

赵馨

火烧云,据说是长在城市边缘的
一朵朵鲜花　能看到她的
都是刚守过黑夜的人

街口,坐在摩的上的男人
彼此聊着　昨天家中的琐事
和自己家中的女人
一根烟蒂还在冒着余烟

他,招呼着今天早晨
最后一单生意
吐出的烟圈,在城市里
上升,烟消云散

一粒火星从弹出的烟蒂里　飞出
但,它已经不懂得如何燃烧

这一年

郑兴云

这一年,还没来得及牵手
时光便悄悄地
从地平线上走到了尽头
这一年,风云变幻
可我的心
依然在痴痴地等待你的温柔
这一年,命途多舛
只有把自己抱紧
不让快乐从缝隙中溜走
这一年,本想写一首好诗
但忽明忽暗的诗眼
总是无处存留
这一年啊,这一年
我焦虑、痛恨、感叹、忧愁
焦虑我的小与卑微
痛恨我的弱与无力
在叹息中白了头
在忧郁中把泪流
这一年啊,这一年
还没来得及把梦想追求
光阴便悄悄地

从天空中滑向了尽头

残夜

栀枝

月影在水中低垂
路灯迷蒙暧昧
小径黑黢黢潜行

风探进万千窗户
捡拾悲欣
夜沉寂不语

我把晨曦涂满夜幕
小心藏起一首诗
笑容隐秘

素心依旧遇清欢

钟君

掠过云絮的层叠缠绵
只为给天空蜻蜓点水般的一吻
烟花升空又转瞬散落
在天空划出绚烂却短暂的弧线
俗世的烟火味掺杂在空气中
氤氲　弥漫　渐渐相融
看惯了现世的热闹与喧嚣
才意识到朴素宁静的美好
那被浮躁漂染了的言辞　浸透了的腔调
徒剩撑场面的虚伪客套
再道不出人心的平宁抑或坦诚

我庆幸自己的笔尖尚未沾尘
得以不拘纷扰地循着本心
描叙着万千浮世的日升月落
我轻剪岁月的一角
将其折成一纸简约诗笺
年华向来沉默不语
我自静守眼前清欢
盼着日子在温婉的时光里
迎着希望　开出花来

新村的老树

钟新强

村口有一棵老银杏树
树干粗壮，值得四个男子汉合抱
树冠巨大，可荫庇村子的宁静
树根，在地下不断伸长，伸长
不分昼夜，为村庄输送祝福

上面来人了，对古树加强保护
树干下，筑起了水泥坪
银杏树，仿佛被供上了水泥的神台
又好似被水泥牢牢地攥在手里
一些盈盈的雨水，本想渗入根系
在水泥坪里，爱意走投无路
一些树叶，本想叶落归根
迎面撞上水泥，摔伤了梦
谁听得到树根在水泥的重负下呻吟
谁看得到树根奔流的郁闷？

在绿色统治乡村田野的夏天
银杏树的叶子，反抗般地黄了

向阳的山坡

钟洋

寻一块向阳的山坡躺下去
爷爷,头枕向阳草
伸展四肢,练习稻田里的太极拳法
此刻,他的脊背是如此的清瘦
一节一节,肋骨缓慢打开
按照一定的章法秩序,排列叠加
有如高湾村的梯田,狭长而又贫瘠
一块一块,构筑起一个佝偻的背影
背向青色的炊烟
一寸一寸,拔高地平线

穿墙而出的风
仲夏

早春的花撒欢地开
在枝头走秀
桃花、海棠、樱花主打粉红
新闻头条桃色事件
铺天盖地

春的繁华,秋的凋零
冬的萧条
都不过是眼中的微尘

在长椅上,他把
一本佛经捧起又放下

矿工和他们的女人们

周簌

坐在水库堤坝上猎猎的风——吹
四野茫茫
倒伏的荻花芜漫至小乡村的入口
像吊着一只倒梨

多年前投水的年轻女人
她浮涨的身体喂养着这一水波纹
一根条索状逶迤的小路,伸至山中煤矿
瓦斯爆炸身首异处的矿工
还在动人心魄的地层建筑里,手持铁镐
挖呀——挖

太阳就要落下山去
矿工们漆黑的脸,没有表情
他们的女人们系着围裙
站立在铁皮房子前,一身煤灰火屑

草在返青,草在开花

周玲

看不见远山,听不见尘语

只有雨点摩挲草叶

只有风波动草洲微虫耳语

雨款款深情落着,放牧人早已归去

你看,草在返青,草在开花

一抹白似雾似絮,浮在草尖碎碎念念

鄱湖三月,湖水还在徘徊

它们紧密相缠,在腹地共享同一种命运

就这样漫无方向走着

涉草洲,画沙痕,一把雨伞共天涯

遇见的每一株草木都说不尽喜爱

小小的光带来风向与坐标

而我们病痛一生的灵魂,某天之后

终将会与它们相互依偎

哑巴老人

周锋荣

他是小孩们最喜欢的伙伴
一把胡子摸了又摸
一张图画改了又改
一个笑话比画了又比画

曾是铁匠
用大把力气把寒冷岁月
锻打出温暖的火星
照亮过一个姑娘的笑脸

现在,社区叫他去敬老院
他摆了摆手
怕那姑娘回来
找不到他

掏出体内的灯盏

周建好

无论夜色多浓
掏出体内的灯盏
每走一步
黑夜后退一步
走多快
黑夜就退多快

不去管脚印里的黑有多深
只知道
踩碎的星星
会在脚窝里长出芽

体内的灯盏吹不灭
感谢重重的黑色
把风挡在之外

星期天

周文汉

屋内安静，家人都已出门。
户外安静，偶有汽车短促的喇叭声。
生命中无数个星期天之一，
不冷不热，天空有些阴沉。
可以泡杯茶，打开一本遗忘已久的书，
或者抬头看一眼窗外，
大街上车来车往，人们悠闲地走动，
似乎没有什么可以惊扰到他们。
这样的星期天，小城的居民重复着
他们平淡而琐碎的生活。
而我只是数次起身续水，
书页在静寂中沙沙翻过。
直到门"咣当"一声，妻子回来，
世界重又回到我的身边。

春天叙事

朱仁凤

忧伤的人,总是深爱着
人间的落日
四季中,你张开一张
刺猬的表情,刺瞎了——
我们的眼睛。
在人间,除了落日与暮色
我分不出四季的颜色
一间屋子
就困住我一生的阳光——
昨天、今天、明天。
你就像一个走到了,世界末日的人
魔鬼一样折磨了我三天
其实,对于一个内心没有了春天
感知不到生死的人
你用尽力气折磨都是枉然
而事实,对于一个贪生怕死
冥顽不灵的人
他至死,都感知不到——
人生,其实根本就没有输赢

沅江

朱文平

江面开阔
沅江上已没有几条船
常德的船抛锚在沈从文的散文里
停泊已久

武陵阁雄踞岸边
犹如一个饱经沧桑的老者，阅尽
船工号子纤夫背影
三湘风云市井苍生

从下南门上岸
拾级而上，一级台阶一百年
常德三千多年的历史
都雕刻在长长的诗墙上

我来的时候
正是冬天里的沅江
阳光照在江面，折射着我的眼
泪光闪闪

夜宿水边

子衿

在这个台风将至的深夜
赣北群山在月色下发抖
我可以将之理解为
对南方那枚"山竹"的呼应与共振。
今夜不宜外出
而我们却在水边扎营,在帐中
看着山影变淡,看着这一天
从我们人生中的若干天里淡出。
水边不远,那座旧寺
传出大雪般的吟唱
如同无处不在的香炉草和悬钟的香气
落遍群峦,超出供养者
简单垒筑的藩篱。
打水的人回来,提着一桶
试图逃离流水的声音。
风起时,营地失语,黑夜无边无际
忽然,汽车擎着氙气灯的长剑
沿盘山公路掠过。我听见那些光线
拍打在帐篷上的响声

夏日里

邹红红

汽车在高速上疾驰,扩建的道路
还裸露着黄褐色的忧伤
芦苇开满路旁,嫁接的瓜果
还见淡淡的花开

一首歌循环着伤感的旋律
那些被刻意遗忘的
是什么经过我
又流向了别处

有时有风吹过山岗
阳光照过陌生的影子
它们沉默
它们从不理会,这琐碎的人世

中药铺

左拾遗

假日里最想去看的地方，不是山林
不是海边。而是
小镇上的老字号中药铺

到了里面，有许多等号排队的
病人。时光长着
暗黄色好看的
背影。坐在条凳上
离老中医，保持远些距离
暗自深呼吸
药店内特有的中草药的芳香

喜欢看，用毛笔誊抄的药方
看身着一袭旗袍的女子
从民国
伸出好看的手臂来把脉

喜欢看，药剂师抓药的从容
认真计较每一次
下手的轻重。喜欢看
社会，病去如抽丝
喜欢再看一眼
窗外，三月的浮桥，以及楼下街道的喧哗

| 散文诗卷 |

红 山 茶

曹东来

秋深了，无论走进童话般的公园，抑或旷达的郊野，予人的感受，无外乎落叶纷纷，尘土飞扬。即便平时最爱的湖边那连天芳草，此时亦变成了白灰灰一片。

苍凉、不忍，此刻的心境、兴致，自是不言而喻！

然而，亦是此时，一株或数株盛开着的红山茶，陡然映入你的眼帘，茕茕行走于这无边索寞，仅当其时，或许，"惊喜"二字便不足以形容你的惊喜了……

一盏盏鲜花，娟秀昂扬，丽质亲宜；一簇簇花蕾，层出不穷，含苞待放；一丛丛蜡叶，剪辑如画，丰腴姣美。此时，先前的沮丧颓废，能不为之一扫而空！

喜静而思，追风跟季，怎就成了自然生态的通病？否则又何来许多荣枯之烦忧。

红山茶不以冬为冬，不以春为春，不因寒暑而失恒性，是以四时如春长年荣华，既葆青春，又温暖世界。品性如斯，生态如斯，岂不美哉！

心灵散章(节选)

傅　磊

（七十七）

沉醉,夕阳下的金黄,以及汀渚边的野花绽放。

远树含烟。

小舟穿行河道中央。

放牧般的心情熨过满目的田野风光,桨声似捣衣的捶击,音乐般,空灵地抚过跳跃的心绪。

一份家乡的情结,缕烟状地浸透思念,思念家乡就是守望爹娘! 守望年岁渐大、彷徨无边的苍茫。

（七十八）

临水的裙袂,静谧中似乎舞成了决绝的孤独,如魅的倒影平添三分妖惑。

有朦胧诗般的雾气,蒸腾状,仿佛珠帘待卷般的矜持。

倘若无水,你的律动还有这么醇纯否？ 还会为春潮带雨递上一串闪亮的关注吗?

合二为一吧!

无论是倒影,还是汀岸的你,桨声斜晖,注定孤独相随,因为,我无法踏水而来,只能,远远地目送几许似曾相识的隐忍和关爱。

除此,一无所有……

月 下 蛙 鸣

高伟俊

月色如雾,雾气朦胧,像弥漫着芳香的春水一般,从天空涌来。

梨花白似的月光,开满了一个宁静的夜空;白丝绸般的流光延续了千年、万年、亿年。白驹过隙,想抓住它的尾巴,却握住了一把梨花般的月色。

梵婀玲曲般的蛙鸣声,在月色下如梨花盛开:洁白、清脆、嘹亮。它们蔓延在寂静田园的记忆中,沉浸在异乡人梦魇般的幻境里……

一棵古老的柳树下,一位少年正寂静地站在一个铺满浮萍的小池塘畔,静静地倾听着那月色下,一片寂静的蛙鸣声。

蛙声,流水一般泻在青青的碧草上;一颗颗晶莹的泪珠正在草尖凝结;它们凝结成一条梨花白的绸缎,闪亮在灿烂的夜空中……

一名中年汉子在洒满月色的小路散步,突然听到田野中油菜花里传来的一阵阵蛙鸣,那不是远在异乡时的池塘的蛙鸣吗? 他站立在铺满月色的油菜花的田埂上,想用尽全力去倾听那蛙声,它们是否有异乡梨花白似的颜色?

流水般的月光,逝者如斯也。即使蛙鸣满苍穹,也唤回不了时光的流逝,也改变不了那中年男子双鬓如梨花般的白发。

今夜,只有满天的月色,如潮水般,在梦一样的境界中朝我奔涌而来……

旧　村

胡宏妮

寂寞的村庄，黯淡如瞌睡的老人。

断墙头，老鸡微阖起眼，懒懒晒着屋檐隙间漏下的阳光。

静寂中，偶尔有孩子的闹声从村中传来，单调而苍白。

行在幽深的长弄，裹起的是一身苍凉。

整个村庄已近废落了。

村尾，依然有风景如画。小河婉转，柳林烟淡。

只是，不见稻田青波，村庄越见清瘦了。

村外，村人朴素的足迹携着年轻的热情，踏上祖先从未到过的土地。村外，小路的另一头，沉沉地立着他们汗水的回馈——幢幢小楼毗邻。抬眼能见汽车在门前穿梭呼啸，甩下的汽油气息标示着，乡村与城市不再遥远的距离。

村人的祖辈，脊梁被稻禾压弯成问号，没能在贫瘠的土地堆砌起财富。通往村外的小路便成了越来越多的村人激情壮志的去处。

村里，蓝天白云，清冷静谧。一缕孤单的炊烟在黄昏中袅娜于湛蓝的上空，随即缓缓散淡在安详的空寂里。

古老的村庄连同美丽的风景在小楼的身后，渐渐模糊。

只是，我们离富足到底是越来越近还是越来越远？

漂　泊

胡夏莲

笔墨是编织梦的锦纱。你我奔走在不同的城乡,相遇在一个绿色的草坪。在这片清新的处女地,我们甘愿静守这份淡雅的孤独,编织一个个绿色的梦。

城市的喧嚣,霓虹的灯彩,如一群凶猛的野兽,肆意践踏宁静的港湾。春风唤不醒冰冷的触觉,尘暴淹没崛起的绿色。

在车水马龙的城市,冬天依然气势轩昂,绿草找不到扎根的地方。

天空偏爱尘世的繁华,给自己戴上灰色的面具。我们看不清是鬼是神,只能在厚厚的云层外,猜测上面表演的是哪一曲剧目。

不是我想不辞而别,是我找不到种植绿色的土壤。

在离别的黑夜,浮尘依旧,灯光依旧。下一步,或许我们又将漂泊在不同的都市。这草坪,依然残留着我们的身影和笑声。或许,还有孤独。

愿在这开始的地方,能陪我结束。道似无形却有形。那些弥漫在上空的沙子,像一个个游子,飘零的孤独终会让它们尘埃落定。

天,空;路,远。亲历,才是最真实的。有时,漂泊未尝不是一种得到。回归,是上帝给予我们的同情与恩赐。

不仅仅是风景

胡晓山

他们死了,他们没有倒地,他们很优美地站成一座座山,站成风景。

他们裸露的岩石很美很沉,浪漫的女孩喜欢把它们想象成,一块块漂亮的三角肌、肱二头肌,想象他们在健美比赛。历史学家发现岩石盐分很多,很惊讶地说:这里亿万年前,是又苦又涩又深的海呀。春天,他们又一次开放杜鹃,温习他们在严寒的过去,怎样中弹,然后用鲜红的血装饰风景,给春天做示范,让游人去阅读。

很久没有拉家常了。那座很魁梧的大山,潇洒地把洁白洁白的话,很响地甩成瀑布;那座像苗条女性的山,把幽禁很久的温柔,轻轻地叮咚叮咚弹响。很久没在一起了,让思想融在一块吧!许多许多小溪汇成一条河,很清澈很晶亮,很美地装饰风景。

他们死了,他们没有倒地,他们很优美地站成一座座山,很优美地,给历史,站成风景。

茅 坪 村

黄存平

生我养我的地方,叫茅坪村。

对这个村庄,我记忆深刻。

贫瘠、窄小、遥远……将这些凝聚一身的就是我们的村庄。人们极力逃离的样子,像朝拜的信徒。但凡有点想法的年轻人,都成为信徒。我是其中的一个。这不是他们不爱自己的家,是因为,他们太爱了。

几年后的今天,村庄有了生气,泥土变得柔软起来,散发着香味。房子,成为她的代言人,加上一条修宽了变大了的公路,通向了远方。阿叔说,他最喜欢在家门口坐汽车驶向远方的感觉。

可惜啊!我已经有些时日没回去了。

海　棠

简小娟

1.邂逅

天微微地泛着青色,风浅浅地拨弄着黄昏。踏着春暮的清寒,徘徊在斜阳之下。成片成片的绿,飘飘荡荡的红,与我错落而决然地擦肩,恰是林花谢了春红,太匆匆! 春,如是错过了流水,冷漠了繁华,前行是否还有风景?转身,月已初上,你立于光洁的月华之下,腰肢遒劲,嫩叶坚挺,柔媚的骨朵仿佛依偎着爱人,紧贴着枝干,静若处子,暖如红烛。就那一眼,我心明媚。只听到一声温柔的娇羞:哦,就是海棠!

2.溯缘

走近,再走近,近到眼光和花瓣最美丽的碰撞,近到心灵与花心最战栗的交集。千年前,你是唐寅画里的睡美人,是苏翁诗里的解语花。你本是人间富贵花,却被漂泊的游子带到天涯。长夜漫长而清冷,人生孤寂而彷徨,只有你,依然妩媚中端显清透,寂寞里摇曳从容。日日夜夜守候在游子的身旁,慰藉游子无眠的夜晚。"只恐夜深花睡去,故烧高烛照红妆""江城地瘴蕃草木,只有名花苦幽独……"千年后,多少同样因缘际会的灵魂,伫立于不朽的韵脚,歌你,慕你,浴一段旷久的芬芳,暖了九曲的柔肠。

3.冥想

春,在你的花期里绵延。你,却绵延了无数个梦。你绕开喧嚣的红尘,独守一隅,寂静开花。妆容是那么惊艳,姿态是那么洒脱,情怀是那么浓烈。或许你更懂得,笑到最后是最美。或许,你还背负着别样的使命。不然,你不必使尽全身力气完成这横渡春夏的盛宴, 一边供奉着美丽和快乐,一边倾倒了孤独与哀愁。为此,我冥想你前生的世界,是否藏着更深的红尘,更多的爱恨。

4.心念

花若缤纷,必散尽沉香。为何你花开烂漫,却不吐露馨香半点?问世间有哪一种似你这般,自始至终,不向东风虚借崇光,不许蜂蝶亵染芳泽。前世,谁是你的宿命;今生,谁又是你的断章?你贴梗而生,自顾自地芬芳,自顾自地凋谢,任时光驻足而又远离、雀跃而又沉寂。开到荼蘼花事了,一片春心付流觞。年年如斯,佳期不负。雪一样质地的花瓣渗出热烈的血和泪痕,凝结成冰清的红。这红,蜇痛我的眸子;这冰清,逼仄孤高的月光。那一刻我看懂你的心念,胭脂沉雪,真爱无香。

雪 白 夜 黑

江锦灵

冬日,是一股细紧的绳,捆绑身躯。是雪,开启生命松绑的模式。

果然来了。当夜步入纵深之时,雪,以一朵花的姿态,以一袭花开的音响,到来。

此刻,只有雪花娓娓叙述,于天地扉页。

雪白。夜黑。互相对峙,也悄然相渗。雪与夜,同质异体的存在,各自抽出细柔的纤维,编织思念的草场。包藏一颗凡心。

雪花纷飞,乃思念着了火。

扑灭,试图投于誊满诗的信笺。诗也跟着燃烧。屋子暖烘,恰似与窗外形成某种格律。

把窗户挪开几个厘米,手瞬间被灼伤。不觉得疼。

一朵花从脸庞长出。太阳恰好穿透了云雾。

日光缺席的角落,一只遁形的手伸出,缓缓地,缓缓地,吻合雪的节奏,悄然将日子翻动。

纯白的页码,又被揭过。成串的彩页,适时兑开。夜黑也无从掩饰。

谁说冬季漫长,思念来不及晾晒?

春天又是一个雨季。常识与你,早就向我普及。

墓　影

李耕

　　昏暗尘土,昏昏于默认的降临。再往前走,是更黑的黑夜。

　　伛偻的影,熟悉的身形。在夜的暗途匍匐,浮浮飘飘而进,飘一盏萤的灯。熠熠磷光,已无声息;咳嗽时的微音,也已无了。

　　我问,无以为答。向何处走? 云:前方。

　　我知道,通向墓地。我便说,前面是墓地,再前面还是墓地。

　　影,依旧向墓地走去。

　　又一日,暮夜。又一个熟悉的影,走向墓地。影,有一盏萤的小灯。

　　我,有些惶恐!

　　走向墓地的路,是路的终点。走进墓穴,是不可以出来的……

怀 念 炊 烟

李长青

炊烟袅袅,曾是乡村的呼吸,是农家人饥饿前的信号。

携着粗茶淡饭的余香,缭绕在土屋顶,游走于乡间小道。

缕缕千年,是乡村永不泯灭的声息,是村人生活的图腾,是晨曦暮霭的饰品,是灵魂深处诗意的翩跹。

奶奶用比枯枝还瘦的手,拾起木柴,添进灶膛。她是炊烟的编织者,也是钵碗瓢盆交响曲儿的演奏者,一次次喂饱与温暖我儿时的饥寒。

炊烟下,她佝偻着身子,朝着远处喊着我的乳名。

几经多年,炊烟成了久违的风景。它常在尘封的记忆中,荡漾,并牵出一抹远离乡村的怀想。

一直以来,我都想在心海腾出一块空地,再次接纳炊烟清淡疏朗的惬意。

可它,却搁浅在现代文明的海岸,让我偶尔听到关于它丁点的讯息。

群 峦 湖

李衍长

莹澈幽婉的清韵,

浪漫缠绵的风情。

炮声远去,硝烟散尽。五百里井冈化作了一块晶莹剔透的美玉。

一叶扁舟,叩响了一波月华;

一叶扁舟,犁开了一页梦境。

云水苍茫。水天一色。

那颗被尘世浸染的心,荡入了诗情画意的翠绿。

湖水茫茫,辽阔旷远;

茫茫湖水,浩渺洁净。

一弯新月,撩开迷人的面纱,亮出清清爽爽的容颜,笑看花开花落,聆听小桥流水。

我迈着庄严的步伐,朝圣般走进你的内心,掬起一捧清清亮亮的湖水,洗去心灵深处的尘埃。然后,汲一瓢清波,洒向烈士的坟茔,让先烈们在九泉之下,也能品尝你的甘甜,分享你的甜蜜。

花 谢 之 痛

梁莉

《红楼梦》里:芙蓉喻晴雯,绛珠是黛玉,那么,茶花,你是谁的化身?坠入红尘,唤醒我沉睡的生命!

拾起被葬入地层的激情,春潮的暗浪时时袭过我始发的皱纹,看见年少的自己又从时光的隧道徐徐而来……

青青三月,当我用醇厚的胸暖过一季的寒冷,春的气息就笼上了你解冻的双眸。春回大地时,我憨憨的痴情换来了一座花园,而你便是花园里我最钟爱的那一抹红颜, 在风起云涌的日子里激荡我墨守成规的情怀。

富贵的模样,火样的性格,玉般的心。你就是花域之神不小心遗漏凡间的一个精灵,你用自己的方式洗涤那些在红尘里迷惑的生灵。

静寂的夜你似天河寒星,总让我有种前生的恍惚。

花期短暂!

"花谢是痛的。"当我领略到这种带血的心语,你已静静地回归大地,连忏悔的空间也占据,一如葬身冰山的雪,决裂得让我无语心痛!

谁在风里轻轻叹怜,为你凋残的美丽?

无数个夜晚,你于我的梦里开谢轮回,你流泪的容颜击痛我渗血的心! 是你的出现改变了我的人生,并用你耀眼的光芒照亮我黯然的生命,而我却未曾为你漂泊的情感建一个避风的港湾……

夜的风口,依稀闪过花开的嫣红。

静寂的旷野,我轻轻呼唤你的名字。

轮回(选三)

梁舒慧

1

小寒已过,大寒未至。

阳光悠闲地踱着步,微笑着与草木握手言欢。

怀抱暖阳,将心事安放在云海里流浪,将潮湿的情怀铺陈晾晒,将过往辞章点亮。

平铺一纸素白,蘸满岁月的沉香,就着风吹来的讯息,描摹你的影子。直至,月满西楼,直至夜的胫骨里,结出一枚菩提的素果。

2

墙角的梅花开了,心跳掩映在夜色下,朵朵花瓣,灼灼心意。

在月光的羽翼上跳跃,拾捡些许花入墨,洗净芬芳,书写一帧一帧温暖的情怀。

为秋天写的文字,我温习了一遍又一遍。

泛黄的字迹还在嫣然浅笑,那些定格的影像,凝结在冬天的睫毛上,晶莹剔透,轻颤,映射着流年的忧欢。和秋天一起远去的,还有时光的温度。

3

沧海桑田,风月蹉跎,寂寂不成言。

千秋万载,那抹留白苏醒。

远望,时光的门楣,半亩花田,围着竹篱笆,阳光暖暖,春意阑珊。

风信子、桃花、梨花、海棠花,旖旎风光……

蝴蝶沾满花香,在故事里穿行,端坐窗台,翻看一段预言,握一杯茶香,袅袅婷婷,朦胧来且去,穿过烟雨,看款款而来的你,步入书行,步入前世的因果……

秋是江南的女子（选三）

刘东生

（一）

秋是江南旗袍里的女子，春雨滋润出饱满身姿，线条迷人的腰肢，亭亭而立，一双秀手勾勒出随呼吸起伏的美丽。亭亭而去，顺风摇曳，眉目间含山含水含情，真是那万种风情翩翩天然而生，不沾惹一丝丝尘埃。

雨巷款款行，风吹送，青石板上传来清脆的笑声，昨晌如梦，梦里江南人消瘦，余香缭绕，怎有闲愁赋素笺。好时光里，不可负花开成景，花落且托流水，波光点点尽衬旗袍风韵。

秋风中长成的江南女子，季节的妖娆尽添妩媚，花开一次便清丽一回，眸光生辉嘴角传笑，旗袍包裹的女子千娇百媚，回首间，江南风景如画。

（三）

秋是江南出生的小女子，羞羞怯怯，每一次春风吹过便拔节一次，碎花的裙摆，摇曳夏日风情。田野上的小鸟纵情歌唱，池塘之荷清丽纯净，谁的回眸惹笑身后黄菊，瘦俏的影点亮十月的天空，大地上万物万事为你的到来欣喜。

秋是江南阡陌上行走的小女子，模样清新可人，憨笑的神情让丰收的季节增添喜庆。你的背影在波光上滑行，小溪游鱼忘记所有忧伤而欢快畅游，那晃动的水草湿绿诱人，等待拥抱，阳光吻着脸庞，整个世界就这样鲜活，明媚仰望的好时光。

秋是江南丰收满怀的小女子，金黄从大地铺向天空，藏不住的幸福开始洋溢在苹果般的小脸上。走在回家的路上，所有温暖从内心升起，仰望的目光纯洁无邪。

秋是江南的小女子,是一把油纸伞下移动的风景。

秋是江南的小女子,是一件素雅青花裹住的娇媚。

(五)

秋是江南柔若无骨的女子,秋风一招手,那娇俏的人儿便如蝴蝶般轻盈。江南的山野变得温暖,陌上仍有青青草,向晚的夕阳霞光里,聆听岁月传唱的歌声。

秋是江南寻常人家最小的女子,憨态可掬,依偎在外婆怀里,胖胖的小手指点夜空,数那总也数不完的星星,一闪一闪亮晶晶。外公的烟草香味,弥漫整个童年的记忆,古老的传说与歌谣从大地深处传来,穿越村庄的风,无声无息。

秋是江南的妙龄好女子,银铃样的笑声,纤细的腰肢;是水粉画中的女子,腮微红,手抚发,无端心事午后轻愁,明眸似水。望不尽山峦青黛,小溪游鱼自在嬉戏,秋水微凉鸟飞远,捎带江南女子脉脉眼神,遥寄一个远行的人。

秋是江南的女子,风骨天成,着墨青花自妩媚。

秋是江南的女子,水润容颜,写意时光自风流。

耒耜，神农的追念

彭林家

1

雨生百谷，铁锹铧弓，翻土厚道的农具，一碧浪花的投影黏空五地，藏起土神祭祀的追忆。瓣瓣心象，穗穗表情，哗吟黄帝人始的耒痕，天问黛耜的视野；是炎帝揉木为耒，斫木为耜；一推一拔，兽力的使用进化耕地的脱胎稻香。

天干地支，铁器的星火醒亮了点播的纳音……

一人力田，二人耦耕，多人协田，弯曲直直的耒柄，省力通灵的召唤。一个尖头木耒，从甲骨文商代到跖耒而耕的战国，镶嵌双齿耒的刃口；上耒下耜，在跪乳土地上，磨淬烧荒的垦土，演绎着一耒一耜的两忘；那显出石质、骨质的犁头雏形，反刍吹涩的琴弦，一声声，五雀六燕，响起了远古的编钟。

2

国技教民，阡陌圩埂。探幽的发明，佃作效率的达智，将犁的前身拆装魂魄的混沌；星沉沧海的空慧，洞开一个个时代的破土阻力；母语生生，鹁鸪呖呖，让相思虚廓驱赶垒起的城垛，叩拜先秦农耕文化的风德。

风春雨砣，陨泣的星座照耀天上人间……

井田的粟秩，倒映着伊于胡底，钓弋的烟霞；一叶叶，裹着树皮的严寒，寻思六六尺寸的耒耜通高，悠悠目视远近的男儿；那铲状焱起的觉性，是否唠叨着民无悬耜的《周礼》？曾经野猪拱土，一撅长长嘴巴伸进牧童的乡愁；斩季材，以时入，复活松软种植的反哺；任凭泥土春秋的沿用，涂抹养我胭脂的羞红。

3

因天之时，天子亲载耒耜的籍田；分地之利，示范一缕分身的生产力。率先一截时空的断碑，沟通禅机的醍醐，灌顶心灵滚动鸣响的沙砾；惹得古陶的颜值凋落岁月的风韵；在蟾影的水中叮咚作响，为嗄哑自性的肺腑，留住色泽葱茏的仁木牛耕。

部落迁徙，拓展习俗涌动着先民的黄河长江……

源源的刀耕火种，亩亩的广种薄收，日趋贫瘠；刺穴的枝头夭折披荆的舞靴，沉沉地，疲惫休养的安居。无果之花呀，停留的片刻，天文历法、气象水利、土壤肥料，驱使野生植物的驯化，传说稷米稻麻的芸芸百谷；或曰南种水稻，或曰北植旱粮。然而，回眸拙朴的始祖，站在后稷稼穑的丘园，姜嫄的一滴清泪，该掘开多少良知的汩汩泉流。

石 刻 之 美

铅之湄

雁阵飞过你的头顶,落下深秋的鸣叫。

白发空垂三千丈,一笑人间万事。崖石壁面,镌刻了流传千古的诗词。那一粒粒,嵌入大山的汉字,或草或隶,或行或篆,发出岩石与根的气息。

岁月枯荣,随风雨落在沟壑的字里行间,不断深化红石的红、青苔的绿、流沙的黑。诗句被一年又一年的秋深刻着,苏醒着,缤纷的意境,独立呈现又相互渗透,一页页多像大自然赐予的天然墨彩,粉饰着一座座妩媚的青山。

料青山,见我应如是。

在你的内心,是否仍有一个远方遥遥地爱着？是否捧起那一只盛满风沙的酒杯,还能闻到八百里分麾下炙的味道,听到琴声里五十弦塞外的声音,以及梦里的卢马飞奔而来,弓弦的霹雳之声?

曾经舞榭歌台,纸上江山;曾经无数个挑灯看剑排兵布阵,无数回愤懑上书建功立业,又怎敌得过岁月的消逝! 一切都将融入青山的骨骼与血液。这诗意的长廊,立体的画卷,与山岩并存,与信江同在。

几尾大宋的鱼,悄悄游入离你最近的石壁,如此鲜活而古典。它们跃过了十万芦苇,与八百里秋光,为你铺开一道旧光线,为你游回南风吹低的十月,为你吐露稻谷香里,蛙鼓声中,那一个举杯独饮的年代。

到礼堂里饕餮

邱小波

味蕾，是一把秘钥，不经意间，就为我，开启了一扇通往丰收宴的门。

缘于挥镰的功劳，缘于插秧的苦劳，受邀，去享受丰收的飨宴。我跃入昔年陈姓的大祠堂，跃入当下百姓的大礼堂。我厌倦，在学校侏儒屋下低头；我喜欢，在百姓的大礼堂里昂首。

那是，双抢的集体谢幕；那是，我与乡味的浓情亲吻。那锅碗瓢盆的演奏者，是清一色的女人们。那油锅前婆娑的，是村妇们；那餐桌前翩跹的，是村姑们。

鼓掌的油锅创作油煎豆腐噼里啪啦的热香，在礼堂中曼舞；"吃米"的人群不屑的脚鱼，赋予一大盆面条刻骨铭心的滋味；早禾米加红薯丝，香甜味从饭甑袅袅腾出。

我的心颤了，我的手抖了，我不是一只馋猫，而是一只饥饿的小野兽。舌头与乡村的味道，在嘴里扭作一团……

那一天，我明白了，我喜爱的红薯丝，只是农人的肠胃万般无奈的填塞；那一天，我知晓了，我常吃的白米饭，才是农家汗滴禾下土的真正追求。在丰收宴里，我觅到了，最强烈、最难磨灭的印记。那乡味，早已凝固在——我的舌根。

丰收宴隐遁了，欢歌，还在记忆里颤动；早禾米消逝了，醇香，永久活跃在味蕾上。

假如这是最后一眼

尚国英

天色就像我的心情一样阴沉,朦胧。

风带着初夏少有的寒凉,一遍遍有力地掠起垂柳的腰肢。

小木舟三三两两停泊在江心洲附近。

小雨点在伞盖上面蹦跳,发出沙沙的响声。

步履是那么沉重地踏在已经有些破旧的防腐木栈道上。

放眼江中灰黄不尽的苍茫,八一大桥线条朦胧的身影隐隐显现,江心洲对岸高矮不一的建筑峰群,在灰色的天宇下默然耸立。忽然想到,如果这是我最后一眼看赣江景色,那么,我会带走什么呢?

是啊,人生我又能带走什么呢?

寒风依然卷拂着江边棵棵垂柳,被修剪过的草坪,泛着一丛丛绿意。

江边休闲文化长廊里,游客络绎不绝。闲逛,寂寥的漫步者,也有不少。

坐在凉亭里麻石凳上捧着手机的年轻人,聚精会神地浏览着网页。

寒风渐渐大了起来,吹得树木阵阵作响。寒风也深深地刺进我的皮肤,血液。细碎的雨点密密麻麻地,铺天盖地扑面而来。

我的烦恼仍像谜一般涌进心房,仿佛涌进了萧瑟的秋天一样。

春运的日子

万　千

入春,无论把目光探向何方,总有旅客匆匆地向铁路奔来——为了寻找一条离亲人最近的路。

这个季节,每个人心中都有一颗千年的种子绽芽,这颗只有移栽故乡的土地才能结果的种子呵,进入春季,情绪日渐饱胀,让所有的旅客躁动不安……一种单纯的声音嗒嗒地奔涌,漫过铁路,几乎将钢轨泡成疲软,也将我们铁路人的使命浸泡得十分沉重……

就在这样的日子,我们毅然地告别亲人。为了让季节的情感葱绿,并且结出灯笼般澄亮团圆的欢欣,爱的心房不再为旅人梦中的摸索,粲然的思想感知运行着的灵魂叶脉亮丽,我们挥别家门。

就在这样的日子,穿梭似的运送春天,而让自己门前的礼花错过开放的季节,挂满亲人们高高低低的眺望……

圣　山
——离天最近的长歌(节选)
熊　亮

大山难被狂风卷走，

大海难被热火烧干。

——西藏谚语

是山的王者？是冰川的终极？千万年不曾醒来的混沌的巍峨。

狂风，哦，不狂。

风在这里就应该这样桀骜！

水晶一样的透明，在阳光下璀璨的雪峰，你就是见证风雪超度妄念的圣！

经幡转动，阳光转动，神，端坐。

朝 圣 的 人

圣。神圣的圣。

神。圣。在风雪的重围之中，冷艳，高入风雪的出发点。

英雄胆气壮，不惧怕死亡；

贤者智慧高，知识难不倒。

——西藏谚语

路途长哦，长过峡谷中奔流的水。

从大漠走来的人，从山下草甸走来的人，正在转山的长路上，眼里只有圣洁的雪峰。

云与人一起围绕圣山,依恋,不曾离去。
脚步移动,云影填补;云影散去,脚步紧随。

民　　歌

这是从山鹰翅膀上发出来的声调,带着难以降服的桀骜,那是英雄的气概。

不需要精心的对仗和编造,只要心里有感触就行。山峰上的雪会折射太阳的光辉,我们的情话就该和阳光一样夺目。

那些发自原始的来自生存重围的肺腑的歌,承载起心灵的映像与期盼。就如同暗夜盼望星星一样,深情而感人的歌声,像高原一样辽阔。
悠长的歌声,圣山的风雪洗礼过;动人的唱词,圣山的砂石磨砺过。

亚拉索·亚拉索

雪山是美丽的,家乡是美丽的,蓝天在风中明净心灵。

赶路吧,信仰在雪山之巅端坐,与神相伴,我能抵达吗?

暮色哦,不要淹没我的笑脸。飞起的雪哦,载我走向朝圣的长路。
当黎明来临,我在歌声中看清世间所有的慈祥。

歌声,风霜,高高的雪域,都在我温暖的梦乡,都在天地间久久回荡。
日出了,日出了,雄鹰翅膀又在太阳下迈步。

星 空 集

徐建西

一颗星星。一粒萤火。

微弱的光,一闪而逝的光,真真切切地点亮过希望。

我们都是阿多尼斯 A 城的脑袋,而不是曹雪芹的石头。

事实的真相变成了影子,被语言的绳索绞杀。

质朴的心灵不需要衣裳

语言不过是你我的遮羞布

如果热爱生命,就请你像土地一样生活

如果热爱祖国,就请你把鲜血融入她古老而强劲的脉搏。

天空最终不会辜负大地的渴望,风使者送来了一场大雨,消退了万物的肝火。

十个复活的海子召唤着一个愤怒绝望的海子

去往神界的路上伴随着火车轰鸣

白发与黄叶偶然相逢在漂泊之途:

秋——已深了

音乐敲扣心弦,喷泉幻化出舞蹈、脸谱……幻象落幕,该走水泥路的还走水泥路,该走沙子路的还走沙子路。

巨大玻璃显示屏从高楼顶上飞离,就像一片落叶。"山竹"瞬间把人类的骄傲鞭挞得体无完肤。然而,不远处仍然有人划着小艇在洪水中不懈地搜寻。

一些人注定要随大风而去,一些人依然在大风中苦苦支撑。

生命不息,奔流不止。日日夜夜,河水默默地积蓄着,渴望突破因袭的束缚。

数据填充着表格,表格覆盖着真实。生命在冠冕堂皇的理由中空耗。

多少人在欲望的渊薮里殚精竭虑,谋取腐肉。
却有庄子御风而笑。

唯有爱，长生不老

杨立春

一碗水酒洗风尘，洗饥肠辘辘的乡愁。

我的欲望，沉入一碗墨绿色的蓝莓。

碗替蓝莓盛载丰溢成熟之美，父辈替我承受时光的压力，我替父辈感受岁月的甜美，时光替我描述了匆匆的生命之轻……

向谁倾诉，苦和难不会少半分。

向谁发泄，烦和恼不会凭空消失。

怨气踩住自己的影子，何必责怪别人阻碍前程。湿气太重，缠住足下的远行，于是足够的想象埋汰了独有的声色和风景。

路的尽头，水的尽头，苦难或失意尽头，某个拐点一定现身，学会转身，尽管不一定华丽。

一丁萤火微光，也要照亮自己，避免暗夜被意外撞上。有多少能量发多少光和热，行程匆匆，长时间透支只会缩短爱的距离。

时间是无限的。

勤奋不息，欲望不绝，岁月不老。

此生，你我都未必能抓住某一秒。十指伸开到攥紧，无意流走了，看得见的盛衰与摸不着的起落。

唯有爱，红尘妖娆，长生不老。

秋 风 辞

朝 颜

（一）

"喓喓草虫,趯趯阜螽。未见君子,忧心忡忡。"

秋风吹落的秘密,从来都被低处的耳朵掌握。

靠着一个季节的支撑,你降低自己,在黑夜,在泥土的高度,在草虫和阜螽的高度。

隐伏者,需要用反复吟唱、反复徘徊的方式道出爱。而他在离你遥远的光明处奔跑,他有他的漩涡和浪花。

晚风微凉,草籽簌簌落地,拍打着翅膀的候鸟,停歇在月光下。沉溺于执念的人,自甘躲在秋天的树荫下,成为黑暗的一部分。

不必告诉他你的忧伤,不必拿眼泪当作秋天的修辞。再热烈的相遇,燃烧过后,都是一地灰烬。

一滴露珠落下来,打湿的不止是睫毛。秋天都来了,那个让你忧心忡忡的人,他不会来。一整个季节,你的光阴都是虚设。

事实上,没有一个秋天是用来憧憬的。剩下的残局,该由谁来收拾?

（二）

"蓷兮蓷兮,风其吹女。叔兮伯兮,倡予和女!"

在秋天,一枚叶子用光了它的深情,世界的寂静和辽阔被风声说出。

风翻动着枯萎的一切,仿佛要把生趣从大地上掏空。时间并没有因此而走得更快,但你仍旧感到了难以言说的忧伤。那些沁入骨髓的凉意,那些触目可见的衰老和死亡,加深了你的彷徨。

更多的忧郁和寂寞无从排遣也无从说出。此刻,你多么需要唱一首秋天的歌,需要有人和着你的节拍一同唱出心中的感伤。"叔兮伯兮",你呼唤的人,会不会像影子一样停留在你身旁?

风起叶落的时候,有谁懂得你的留恋和渴望,有谁将你内心的病症唱成了他终生的顽疾?

秋水苍茫,从一颗心进入另一颗心,其实并没有那么容易。像香消在风起雨后,无人来嗅。多少花红柳绿在轮回里交出了全部,只有秋风会用心埋葬它们的骨殖。

有时候,拆除一道樊篱,会用尽人一生的力气。悲凉是浸在命里的箴言。

(三)

"蒹葭苍苍,白露为霜。所谓伊人,在水一方。"

站进深秋的事物,难免自带寒凉。

天已破晓,意义落空。那芦苇的苍青和霜露的白,俱成为挂在心上的苍茫。

仍然有一条河横亘在追寻的路途上。秋水漫漫,那遥遥飘忽的美丽景象依稀可见。你伸出双手,想要捉住些什么:爱人、友谊、福地,还是一个总也不愿忘记的梦?

秋天很快就要用完了,致命的诱惑还在远处若隐若现。从黑夜到白天,环绕着一条河流的来处和去处,你反复举步,来回奔忙,像一只在秋风中飘荡的风筝。

离不开,也走不近。徘徊是你一生的宿命。

美到极致的念想,总是长着一张可望而不可即的脸孔。你听啊,虫声寂寂,偌大的世界只有你还在且行且歌。

即便前方只有镜中月、水中花、海市蜃楼,只有永不能企及的幻象……

明天,你还将头顶星辰,穿过冰冷的霜花,足尖朝着伊人所在的方向。

风从北方来(选三)

张新冬

(一)

这个季节,有成群结对的候鸟南来,我看得见候鸟,却看不见风。

这个季节,有无数流浪的风随着候鸟南来,鸟儿们寻找到了温暖的港湾,风却无处栖息。

(三)

吃的鱼既然已经足够,我们不如来湖上看风吹草低、万羽翔集。

风从北方来,见证上万公顷的湖成了一望无际的草原,仿佛就在一夜之间。芦苇,苔草,茭草,香蒲,旱伞竹,皇竹草,水葱,水莎草……满眼的草真让人难以辨识。这些隐匿在湖底的草,一根根被风发现,在风的追问下,纷纷供述出湖水曾经堆积它们心头的那些荡漾,这样的供述并不代表软弱,而只是初次相见的乍暖还寒、欲说还休。至于什么是芦,什么是苇,什么是荻,什么又是蒹葭,除了风又有谁会在意?

湖底生长着的草,极像大地厚厚的毛发,有人在像收割稻麦一样收割已经熟透的草,扎成一捆一捆的运往北方,据说是喂马的上好饲料。风从北方来,并非为了江南的货殖,它的干爽与凛冽,一路有货无价。在这个季节,湖畔湿地是草的都市,连自视清高的候鸟都成了前来谋生的暂居客,超然世外的,唯有风与风的信徒。

我看见风俯下身子,为芦花梳头,芦花掉了几根柔软的白发,心疼得弯腰去拾,却又被风温柔的手扶起,然后他们相拥,缠绵,别离。

"人生若只如初见,何事秋风悲画扇。等闲变却故人心,却道故人心易变。"我很难分辨风的真情与假意,也无法坐实风的多情与无情,我对风的阅读还止于瞬间吹过的诗行。但饱经沧桑的渔民告诉我,今天的渔船即便不再挂起风帆,也要升上一面红旗,在碧波蓝宇间与风共舞。这源自对生活的虔诚,竟成了风最好的印证。

我怀念风帆,但我更对这个季节的风充满接近虔诚的敬意。

(五)

在这个季节,我把与候鸟同来的风,唤作候风。我不相信风也懂得停顿,但我祈愿风能等候我同行。伫立在风中的我,更像是风的信徒。

在这个季节,我对风的期待逾越了自然的法则。

而风从北方来,让荒芜成为一种盛开。

空间是一个坐标系

张正勇

沿着阳台,目光不经意间闯入了另一个空间的内部。

以阳台为横坐标:冬天,太阳偏南;夏天,太阳偏东。春天与冬天是一个十五度的角,夏天与冬天是一个四十五度的角。

我的目光因此捕捉一些过程。

捕捉四季轮回的过程。捕捉植物开花结果的过程。捕捉一个小孩分泌皱纹的过程。捕捉一头母牛分娩的过程。

捕捉太阳垂挂空宇的过程。

捕捉太阳由东向西、由春天向冬天行走的过程。

捕捉太阳普度众生的过程。

渐渐被遗忘的月光

钟风华

"你看看我吧。"我放下手机,满眼惊疑。

"要不要亲自用手量一量我早已不再窈窕的腰围。"你调皮地挑衅。

一瞬间,那些被时光尘封的时光,跳脱了栅栏围挡,闪现眼前。

十指紧扣的我们感知彼此或冷或热的心绪。那些低矮的建筑物遮挡不住乡村的月亮。我们又怎会知道,若干年后,城里的月光,盛满我们的忧伤?

进城去! 进城里去! 我们受到谁的蛊惑,抛开那枚皎洁的月亮,抛开那些明媚的时光。

如今,高楼大厦林立,我们只顾低头前行。紧扣的十指和整齐的脚步找不到安静的林间路、溪边径。就连季节的风也各执私念,随意地来去。那渐渐被遗忘的月光,我们再没有提起。

羊卓雍错的蓝

周启平

掸去一路风尘,才不会惊扰这蓝色的元素。这蓝,像我梦境里的偶遇。慈悲,虔诚。

前世的蓝,披着圣光的梦幻在眼前涌动。遇见,我手足无措。深呼吸,放下,才可净化,才可拥抱这蓝。

我用我尘世最干净的方式,接纳一个湖,这成吨的蓝!

云朵白得惊心,天空纯得耀眼。朝圣者,在湖水里洗涤心灵。而这些蓝,为每个人打开了经卷,擦亮了圣器。我是泅渡者,蓝是我一世的遇见和皈依。

羚羊悠闲于蓝,苍鹰盘旋于蓝,我隐没于蓝。掬一捧深邃的蓝,从我的指间滑过。我看见雪山最清亮的液体,把高原梳洗得蔚蓝。你蓝的样子,让所有的灵魂沉静。

玛尼堆的石头静默着,这静默里蓝在荡漾。

蓝,释放出更多的蓝,赐予众生。言辞的轻,不足以堆砌出一块小小的蓝。只有蓝本身告诉你,羊卓雍错的蓝怎样打动你,又怎样俘获你。

我唯一要做的,就是腾出地方,让一块蓝扎根。一块蓝在我的湖水里轻漾,浸润,交融。我藏着这蓝,就藏着羊卓雍错给予我的一切好的,善的。

在意这座城市的距离

紫　橙

隔着护栏,隔着一种呼吸的浓度。

城市。无法以完整的意象。

将一首诗歌连贯,时间从此砸坏了钟表。

我,在意这座城市的距离。

执着于荧屏的闪动。相思,贯穿每一次鼾声与时光的密码。

我熟悉这座城市,所有的公交路线。

却找不出一条,通往你心的路径。

用丘比箭做路引,叩不开你的那道门。

育养的白鸽能否飞出笼外。

舔涤手掌唇边的苍白,折下树枝,抽打这座城市,条条鞭痕渗出血迹。

一颗被血滴放大的心,令暗夜透明。

情歌翻唱,被锁定在休止符上。

陈楚生的恋曲,修复不了,那抑扬顿挫的诗句。

陷入在爱的断层处,长夜留不住一颗流星。

一把紫伞,怎能遮挡北方的风雨,在文字的空白里,淘洗云烟。

爱的尺度无法衡量,这座城市的距离。

凤凰山，时光的悬崖

邹冬萍

时光的悬崖，在万物的镜像前凌波微步。每一步，照见的都是自己的影子。松涛见证明月，就如烽火见证狼烟。一世里云清，李聃乘牛而来；一世里云涌，薛仁贵一箭定江山。

我备好了酒，也摘下了新鲜的青梅。可是，我怕我语言的储备里，不够煮沸一壶酒的柴薪。

于是，我将解开春天的衣襟，放逐山体沉重的肉身，只留下它轻盈的灵魂。21克的重量，是比一粒尘埃轻，还是比一粒尘埃重？

这里，有着太多我不曾读懂的光阴，在谶语中羽化成仙。

人生，总是有许多自己无法掌控的悲欢。如风吹散的蒲公英，带着紫色的光脚丫，游走天涯。而我，无剑可执，无天涯可据守……唯有俯身摘下一朵天女木兰花，作为我前世与今生和解的唯一信物。

悬崖在前，荆棘在后，我的诗歌在时光的青苔里摩擦出野火的气息。堪堪好，用来青梅煮酒，沸腾的是一座带血性的大山，伫立在辽东之门的顶天立地的好男儿！

2018江西诗歌创作年度观察

文 / 刘晓彬

　　无论是过去在单一化与多样性双重语境下的诗歌写作,还是当下在城市化以及多元化语境下的诗歌写作,其背后是人的观念和思维模式,不同观念和不同思维模式的诗人,会运用不同的诗歌语言去写出不同的诗作来。因此,生活在不同时期必然会产生不同时期的思想和模式,也必然会产生不同的诗作和不同的读者等。对于当下的中国诗坛,它们都被需要、都有价值,也都是必然的产物。纵观2018年江西诗歌创作,在重要或重大题材领域的创作取得了突破,出现了一个更高的思想境界,同时在城市化语境下的后乡土写作以及多元化语境下的口语写作等方面,也取得了斐然的成绩。与往年相比,2018年无疑是江西诗歌创作的丰硕之年,特别是女诗人的表现尤为突出,其中林莉、林珊、吴素贞、周簌(如月之月)、汪吉萍、苏隐没、婧苓、朝颜、张萌、汪亚萍、邹冬萍、伍晓芳等诗人在《诗刊》《星星》《扬子江》《诗潮》《绿风》《诗选刊》《草堂》《汉诗》《中国诗歌》等专业诗刊以及《人民文学》《延河》《延安文学》《青岛文学》等综合性大型文学期刊发表了大量的组诗。而且周簌以第一名的创作成绩获得第八届"诗探索·中国红高粱诗歌奖",这也是江西诗人首次获得该奖项。另外,林莉入选《诗探索》中国"新锐女诗人二十家",吴素贞获得《十月》"爱在丽江·中国七夕情诗会"爱情诗接力赛9月月冠军,等等。当然,其他诗人也取得了可圈可点的创作成果。这些成绩的取得,既有着其自身所具备的文学素养、丰富的生活积累和知识储备,以及对创作的艺术感觉等方面的内因,也有着其善于结合时代的特点,不断融入到创作的意识要求当中去的原因。同时,在当下创作生态及氛围的层面上,则是其不可忽视的外因。

一、新时代重大题材领域的拓展

尽管有一种传统的诗歌创作主张"强调诗歌应当创造一个空灵超脱、不落形迹的艺术境界",但是面对新时代的呼唤,许多江西诗人一方面坚持"诗歌境界的核心是不落痕迹,给人以超脱空灵之感,使读者能默会其神韵",也就是王士禛"最重要的,构成神韵说核心的,是主张艺术应该冲淡、清远、超诣,'不即不离,不黏不脱'等等";①另一方面又将思维的触角深入"江西故事中国梦"等重大题材的创作中,为新时代讴歌。如汪吉萍的《星光引路》(载《诗刊》2018 年 6 月号上半月)把笔指向新时代的前沿,以"一段历史系住两头 / 中间全是闪光的面孔 / 春天一直在荡漾"直入灵魂深处,在"小桥、流水、人家"中,书写当下真实的中国"有星光引路 / 我们就不再是迷途的孩子"。她的另一首《春风可渡》(载《诗刊》2018年 6 月号上半月)则跳出创作中固有的思维,将视角拉开到广阔的时空跨越中,虽然这是一首只有 21 行的短诗,但对重大题材的拿捏处理却显得比较到位。同类题材处理得比较好的还有范剑鸣的《水调歌头:井冈山》(载《诗刊》2018 年 7 月号上半月),这首作品既是诗人对井冈山三十八年成长的深沉思索,又是诗人对"内心的沧海桑田,终于被一阕词唤醒"的心灵律动。陈修平的《世界聚焦中国梦》(载《诗歌月刊》2018 年 1期),则从宏观的角度抒发了诗人对新时代中华民族伟大复兴心怀希望、不断前行地拥抱未来的满腔激情。

对此类题材的诗歌创作,江西省文联近年来也加大了扶持的力度。其中在 2018 年受到"'江西故事中国梦'江西文学重点扶持工程"扶持的诗集有王彦山的《大河书》(江西高校出版社 2018 年 10 月)"体现了作者从作品文本到诗性精神系统性地进行求索的过程,也是作者近年来诗歌艺术的阶段性总结",以及陈离的诗集《世界上的人》和赖咸院的诗集《一个人的安源》(江西高校出版社 2018 年 11 月)等。其中《一个人的安源》

---

①敏泽. 中国文学理论批评史(上下册)[M]. 北京:人民文学出版社,1981:896.

力求以诗人的视角为新时代的安源留下新的现实写照,以贴近现实的思想脉动、浓郁丰赡的乡土气息,挖掘属于安源的"中国梦",以及诗人内心的乌托邦和一片独属于自己的世外桃源。而这些"故事"又是以改革进程中秀美乡村发展变迁编织的经纬线贯穿了起来,从而"更像是从总平巷里挖出的煤,正一步步向着阳光挺进",挥洒得更加浓烈,豁透得更加自信。这部诗集是一种对于生活在安源的诗人对讲述新时代故事的召唤,以新诗的形式讲述新时代安源的故事,不以某个时间某个事件为限制对象,而是以现实生活中的"海绵城市、秀美乡村"进行诗意的挖掘。因此,这对于诗人来说,不能就此进行空洞乏味的陈述,而应使之成为新诗创作中内心情感抒发的一部分。

同时,中国作协每年推进的"深入生活、扎根人民"主题实践活动,对加强并拓展现实题材的创作具有十分重要的意义。别林斯基说:"诗歌是生活的表现。"所以,诗人在把握写作对象时"深入生活、扎根人民"不仅仅是单纯地描写现实生活中的本身,而且是立足心灵提取现实生活中的感受和体验,让诗歌呈现出一个"真、善、美"的氛围。这样,"对心灵与现实两个世界的沟通融合也利于诗人找准个人与时代的情志共振点,在个人化观照中传递社会现实的非个人化的内涵"。[1]比如杨北城的《羞于赞美,是因为我还没有闯荡过关东》(载《诗刊》2018 年 3 月号下半月)、王小林的组诗《忽然禅》(载《海燕》2018 年第 2 期)、蔡伟清的《雄鸡昂首,凤凰点头》(载《诗选刊》2018 年第 5 期),以及邹冬萍的《仰望百丈漈》和林莉的《箜篌引》(载《诗歌月刊》2018 年第 5 期)等。

中国作协每年组织实施的定点深入生活项目,以及江西各地方文联、作协、诗歌学会组织的各类采风活动,让诗人通过深入生活、观察生活、体验生活捕捉到很多新的诗意。"深入生活、扎根人民"主题实践活动在2018 年取得了比较显著的成效,比如每年的"谷雨诗会"以及《星火》杂志组织的"香樟笔会"和《南昌晚报》联合南昌市诗歌学会组织的"诗歌下基

①罗振亚. 20 世纪中国先锋诗潮[M]. 北京:人民出版社,2008:90.

层"等活动已经成为诗歌创作品牌。这些诗作,都是以现实为描写对象,在作品中体现当地的文化与生活的审美观照,这些创作所呈现的现实主义精神,是新时代现实主义诗歌的主要特色。这些现实主义诗歌的创作成功,还有一个最关键的内部因素,就是"深入生活、扎根人民"的诗人自身所具备的文化素质和知识积累及其审美观照。因为"深入生活、扎根人民"的过程会在诗人的灵魂高处产生一个巨大的地域文化和现实主义精神气场以及想象的空间,进而会融入诗人对现实生活中的自然、人文、历史和风土人情等方面的内心感受。而且"深入生活、扎根人民"可以对当地那些存在自己独特的根性文化与现实生活进行有意义的挖掘,并以此为诗歌创作的基础,在吸收和借鉴新时代先进文化的辅助上,从单维度向多维度展开一种汉语表达。这样的诗歌创作所呈现的是语言深处浓密的当地文化和生活气息,这些诗作就是现实主义诗歌。

2018 年是改革开放 40 周年,许多诗人均围绕此题材创作出了不少优秀诗作。其中彭正毅的《新时代的杜鹃花》(载《诗刊》2018 年 7 月号上半月),饱含激情地抒写了四十年井冈山面貌的历史性变化"在春风中 / 用中国力量,特色社会主义写下:旧貌换新颜",正是为了提供一个辉煌的新时代背景,由此突出改革开放后所取得的巨大成就。江凡的《小道与大道——献给改革开放 40 周年》(载《诗刊》2018 年 10 月号上半月),这是一首叙事与抒情结合得比较好的小长诗,诗人在这首作品中并不是简单而平淡地叙述邓小平同志在南昌市新建区工作和生活的那段岁月,而是在叙事过程中发自内心地倾注了对邓小平同志的崇敬与爱戴,诗行中透溢出的感情色彩浓厚且热烈。朝颜的《大地上的梦想》(载《扬子江》诗刊 2018 年第 4 期),不仅把真实地反映"从春天出发,手握谷种"充满期待的生活与新时代精神统一起来,而且通过"我们看见一天天青枝绿叶 / 我们看见音符在谷尖上跳荡 / 我们看见人们把果实运往粮仓"富有浓郁生活气息的艺术形象强烈地表现了新时代的精神。

应该说,自改革开放以来,思想大解放给江西诗歌创作带来了新的气象,诗人们认真反思了过往的创作道路和思维方式,逐步从陈旧的思维中解放出来。最重要的是,在诗歌创作中逐渐确立起了个性化的思维态度和自由探索的精神。在改革开放的思潮中,诗人们重新努力学习,使得自己能以更加广阔的视野来创作出反映现实生活的诗歌作品,探索出许多过去所忽略的诗歌艺术内涵,努力在思想大解放中追求诗歌创作的新知识。比如赵军主编的《南昌改革开放 40 年新诗选》(江西高校出版社 2018 年 10 月),不是单纯地讴歌改革开放辉煌的发展业绩,展示改革开放巨大的发展成就,而是全面梳理改革开放 40 年以来的诗歌创作队伍、创作状况和创作水平。它的意义在于,这是一次诗歌发展的全面总结,也是一次创作成果的集中展示。而且这部诗选不仅是对新时代主潮的呼应,更是对新时代生活认识和表现的深化。

在新时代现实主义诗歌创作中,重要或重大的题材如何处理以及如何表现新时代的精神等,必须有一个思想导向问题,因为它不仅决定着诗人的创作方向是否对路,而且也决定着诗人的创作实践是否正确。谢帆云的《纸片山》(载《诗刊》2018 年 8 月号下半月),以世界最大的脐橙产地赣南为背景,真实而深刻地反映了当前种植脐橙的农民生活,并以"绕着纸片山一圈一圈 / 种脐橙,一直种上了山顶"的壮观场景表现了新时代的精神。这首诗作也从一个侧面给我们提出了如何反映新时代生活和表现新时代精神等方面的问题,正如他的另一首《致敬》(载《光华时报》2018 年 8 月 28 日)所写,"它们将放弃安居,重新投入大自然 / 未知的循环与征途 / 就是向红土中的水和汗致敬 / 向祖先的血致敬 / 向红致敬 / 向红叶和映山红致敬 / 向燃烧的火焰致敬 / 就是向挖穴的人致敬 / 他在晨光里渐渐矮下去"。同样,池沫树的《在工业区里走过一段田园》(载《诗刊》2018 年 11 月号上半月),则从新时代生活现象和本质等方面,真实而深刻地反映了"在风中,我能闻到草叶的清新和 / 一个打工妹擦肩而过的淡淡的花香"的当前园区生活以及"一处低矮民房里轰鸣的机器声"的现实问题等。

当然,对于表现新时代生活的诗歌作品,有讴歌,必须也要有批评。只有这样,我们的社会才会不断地进步。因为生活中有真善美,就会有假恶丑。而通过诗歌深刻地反映现实生活的本质,其创作的途径也是非常宽广的,无论是着眼于平时日常生活中出现的某些矛盾,还是处理日常生活中发生的诸多细节问题,归根结底都必须真实反映这个时代的生活并深刻表现这个时代的精神。如月之月的《玉蝴蝶》(载《诗刊》2018年4月号下半月)等6首诗作,在创作上主要从日常生活的诸多细节中提取需要的素材,并针对生活中出现的问题,或含蓄、或直接、或正面、或反面地表现在诗歌作品中。比如她的这6首作品中的《鸡公山》反映了现实生活中出现的"这座山盛产赣南最好的木头 / 樟木椴木,马尾松红皮云杉 / 砍倒截成段。成吨地运出山外"尖锐问题,这一问题是不可回避的事实。另外,反映生活现象本质的诗作,还有诸如布衣的组诗《大雪之上,是白色的荒凉》(载《长江文艺》2018年第21期),这组诗有15首,其中《早晨,清理荷塘的工人——有所寄》这首作品通过对清理荷塘的工人"他皱着眉头,因为荷梗里的刺不时地扎到他 / 但他不出声""不要和他说荷花有多高洁,多美丽 / 不要和他说'出淤泥而不染'的句子 / 他在劳动,在尽量把腐烂的荷叶踩到脚下"的一些细节描写来表现生活的本质,也体现了诗人在创作中如何正确处理真实反映时代生活和所具备的对生活的认识和分析的文学素养。但是,对诗歌创作上要求真实,正如贺敬之所说:"不是表面的真实,而是本质上的真实。"

新时代的江西诗人在深入生活的过程中,获得了丰富而深刻的创作感受,把大量存在于现实生活中的诗意美进行了提取,借助鲜明而生动的艺术形象,进行了多角度全方位的反映新时代生活和表现新时代精神的创作。这些诗作,不仅拓展了当下诗歌创作的题材领域,而且使现实主义诗歌创作出现了一个更高的思想境界。

二、城市化语境下的后乡土写作及其他

快速的城市化,打破了乡村的恬静以及只有庄稼在拔节的平静的田野,到处布满的钢筋铁骨和水泥,飞速流动的令人眼花缭乱的血液,让"乡土社会赖以维持的传统理念土崩瓦解。"①传统的乡村也在社会大工业化

①谷显明.田园牧歌的消逝图景——城市化语境下乡土叙事的底层观照[J].理论
与创作,2010(4):27-29.

的进程中逐渐演变为"流动的村庄"和"空巢社会",同时"乡土文化在与现代性文化的交汇融合中走向分化和多元化(陆益龙)"。因此,对于处在城市化语境下的后乡土时代的江西诗人,他们的写作均表现出对乡土自然形态的憧憬和追寻,以及对我们灵魂归属的渴望。比如布衣的组诗《山顶上的雪》(载《诗刊》2018 年 1 月号下半月),通过对"岩石""尘土""野草""枯枝""山顶上的雪""卵石""闪电""明瓦"等自然风物和现象的描写,诉说"一个孤傲的人吐出了带血丝的痰"的生命感喟以及"未来的新生也正在神秘的孕育之中"的人生感悟。林珊的组诗《我们仿佛从来不曾相逢》(载《星星》2018 年第 10 期)和《白露》(载《诗刊》2018 年 5 月号下半月)以及组诗《赞美诗》(载《人民文学》2018 年第 6 期),营造了一种静穆的氛围,在朴素而深情且略带"纸仍然包着火,爱仍然掺着恨"的伤感的诗行中,表达了诗人对"因欣然接受命运的馈赠 / 而突然失声"的生命追寻和隐含在"死是生的最后最好的证明"中的光明意识,以及"还是想念秋草枯黄的村庄"的心灵向往。苏隐没的组诗《银鱼》(载《诗刊》2018 年 8 月号下半月)是对鄱阳湖文明的吟诵,意象清新而纯洁,作品短小而精悍,表达了一种和谐闲静的心灵境界,诗人对美好生活的向往不断在诗行中涌动。龙安的《江南的雨点》(载《诗刊》2018 年 7 月号上半月),将江南的韵味和传统的情怀相融合,具有比较浓郁的地域特色和抒情特征。蔡伟清的《戈坪村的生态(外二首)》(载《诗选刊》2018 年第 11、12 期合刊),可谓是一幅笔墨简洁而又意韵丰满的乡村生态美景图,安静而祥和。

城市化语境下的后乡土写作的主题指向,则延伸了诗人对乡村意象的探触以及事物内部多层次的呈现,建构了诗人对诗歌文本的丰富以及创作技艺所展示的精确。比如吴素贞的组诗《洗鹤盆》(载《汉诗》2018 年第 3 期)和组诗《莲花》(载《扬子江》诗刊 2018 年第 6 期)以及组诗《养一只虎》(《十月》爱情诗接力赛 2018 年 9 月月冠军获奖作品),以多重视角和大量意象找到了适合自己的言说途径,虽然从乡土自然形态的风物到日常生活甚至爱情的书写,作品会给人一种疏离感,但在其鲜明的个性意识里以"女性独有的内心呓语"和"带着令人诧异的物象之幻"的情境抒发了个体对生命的体验。张萌的组诗《绿,这最彻底的深情》(载《绿风》

2018年第4期)和《花开三天(外一首)》(载《星星》2014年第10期)对春天等自然形态的书写交织于抒情与叙事之间,以女性直白的抒情思考着人生,以缠绵的叙述反思着生活,而且诗人透视世界和人生的不同,以及带有明朗、清晰和飘逸的现实超越,让读者感觉到纯粹和敞亮的阅读快乐,并穿越诗行透溢出一种诗意的优美。涂国文的组诗《时光茶道》(载《山西文学》2018年第6期),不但含有大量的乡村意象,而且笔法精细,传统倾向中融合了个人的情感、经验、体悟,使得作品形成一种纯美、朴实的风格。婧苓的组诗《上清水寺》(载《诗刊》2018年9月号下半月),叙述中透溢出的生命节律以及语言的朴素和纯粹,使得诗作有一种神性的流动性,并增强了作品的张力以及阅读的深度。朝颜的《纸上的宿命(外一首)》(载《草堂》2018年第七期)以及组诗《我们无限接近又无限远离》(载《青岛文学》2018年第12期),细腻的笔下蘸着清丽的颜色和真挚的情感,使得作品意境优美且韵味绵长。汪亚萍的《白头吟(外二首)》(载《诗潮》2018年第11期),则在乡村意象的描写中,努力寻找属于自己的精神坐标。

其实,在社会转型期的当下,后乡土写作更多的是以一种"城市视野"进行的心灵对话。比如刘义的组诗《捕捉时间的语调》(载《诗刊》2018年3月号下半月),不断出现的语言幻象,努力连接着诗歌与生活之间的关系,并在日常细节中发掘诗意的同时,及时调整着自己的审美角度和观念。李路平的组诗《南昌笔记》(载《草堂》2018年第6期),颠覆了那种传统意义上的伪抒情和伪浪漫,凸显出来的是更加淳朴敦厚和纯粹实在的情感力量。子衿的组诗《收旧物的孩子》(载《扬子江》诗刊2018年第6期),注重作品的现实性和社会性,其中《人间事》这首诗作着重描写了"医生姚某"遭遇车祸后的日常生活以及《收旧物的孩子》一诗中所刻画的"他的两个脏兮兮的弟弟/和旧物拥挤在后车斗/就像他刚从哪里把他们淘回来"的人物形象,映照着一些老百姓在城市化进程中的生存状态。白海的《晶莹的忧伤(外二首)》(载《绿风》2018年第1期)和《柴草(外一首)》(载《诗选刊》2018年第2期)是对生活中常见的自然意象进行诗意提取,并拆散它们之间的习惯性联系,重新构建语言世界的诗性秩序,把零散状态的创作思维进行整合。湖拮的《红月亮((外二首))》(载《诗潮》2018年第7期),建立了一种非常独特的形象关系,形成了一种既庄重又优美的诗歌意境。伍晓芳的《路边的韭莲(三首)》(载《诗选刊》2018年第9期),对生活场景中的细节进行了打磨,呈现出生活现场的画面感和真实感。许大侠的《公墓》(载《中国诗人》(双月刊)2018年第6期),则将代表死亡的象征——公墓贯穿整个主题,并以"若干年后,我也住进这里",死亡的方式达到"左边是爱人,右边是仇人/他们变得一样的亲近/或许再没有什么可争的吧"相互之间的和谐,于是"尘世是久远的事,不提也罢"也就在隐喻和象征之中。这不仅是诗人自我生命意识的觉醒,也是对后乡土时代传统土葬文化形态的瓦解。

对此,彭一田的《失语症(外一首)》(载《中国诗歌》2018年第5期)和采洱的《回不去的村庄(外一首)》(载《草堂》2018年第7期)在艺术构思的处理上,依然保持了经验的准确性和想象力的独特性的平衡,以客观写实的笔调和现实体悟的想象,把城市化进程中的乡村社会真实可信地呈现在读者面前。同时,摒弃了那种赞歌式的粉饰,更加直接和彻底地描写了后乡村时代的社会转型而产生的隐痛,触及的是城市化进程中乡村的伤痛。另外,《诗刊》2018年8月号下半月"E首诗"栏目刊载的王长江《丁酉年初冬,夜宿鄱阳湖草原湿地》、陈修平《很想像朱顶红一样向您汇报荣光》、欧阳福荣《时间节奏·老街》、孙小娟《稗子》、漆宇勤《你还不知道自己的小——给依芸》等作品,则从乡村到城市,以及自然到社会,不断在心灵与生命的交织中激发出美好或忧伤的复杂情思,并幻化出更加清晰的精神符号。

需要重点提一下,城市化语境下的后乡土写作中对"河流"的书写,是2018年江西诗歌创作中出现频率较高的题材。也许是日常生活中无处不在的"河流的流动特性和清洗功能相结合,在神秘性的刺激下逐渐演变成了对灵魂的洗礼功能"①激发了诗人心中由来已久的"集体无意

---

① 孙胜杰. 原型批评视角下文学作品中"河流"的救赎意义——以《约檀河之水》《施洗的河》《阿难》为例[J]. 江西社会科学,2013(12):106—110.

识"①,从而使得"河流"蕴含了深刻的地域文化。比如林莉的组诗《这样爱过的人》(载《诗刊》2018年7月号上半月)中的《孤江记》这首作品,既具有"过沙溪镇、罗星村,迂回恩江镇／再北去,入赣江……"的地域性,又具有"我们路过或离开／并不会更改它的流向"的哲理性,同时还具有"它途中消失的部分／也无据可考"的文化性。渭波的组诗《隐在山野》(载《星火》2018年第1期)中的《在河滩》这首作品,表达了诗人对"水湄滋生的物种／都在不安中寻求平静"的生存理解以及"我没有打乱河滩原有的萌动"的生命感悟,并透溢出一种意蕴的深刻。陈修平的组诗《孤独的故乡》(载《岁月》2018年第2期)中的《冬日的河床》这首作品,以"让我想起母亲满布皱纹的面容"朴素深沉的比喻,抒发了"日复一日,年复一年／已将您的丰腴碾压殆尽"的伤感和无奈以及回忆了曾经"畅游的每一个日子"的美好记忆。董书明的组诗《那些美妙的往事》(载《芒种》2018年第3期,《诗选刊》2018年第4期转载)中的《清凉河》这首作品写得内敛、蕴藉和深沉,是有关"河流"书写的"依稀都是村庄,早衰的白发"的生命之歌。凌翼的组诗《人在高原》(载《北方文学》2018年第10期)中的《河川》这首作品,以"我站在河川的源头／挥动着手臂／和着琴弦的节拍"的细腻情感,抒发对大地山川的热爱。而他的组诗《诗歌七首》(载《诗探索》2018年第4期)中的《湖泊里的庐山》这首作品则是一幅意境深远的水墨山水画,让人在诗的美中流连。对于周簌的组诗《时间在我们体内花繁枝茂》(载《延河》下半月2018年第9期)中的《沱江夜》这首作品,可以让你身临其境地跟随着诗人一起走进沱江水和虹的声色交织中,在诗行里,透溢出的是诗人停驻在夜晚的沱江的所观与所感,涌动着的是诗人"今夜我不会爱上任何一个"的真情与个性。另外,雁飞的组诗《看见

---

①瑞士心理学家、分析心理学创始人荣格(1875—1961)的分析心理学用语,指由遗传保留的无数同类型经验在心理最深层积淀的人类普遍性精神,在1922年《论分析心理学与诗的关系》一文中提出。荣格认为人的无意识有个体的和非个体(或超个体)的两个层面。前者只到达婴儿最早记忆的程度,是由冲动、愿望、模糊的知觉以及经验组成的无意识;后者则包括婴儿实际开始以前的全部时间,即包括祖先生命的残留,它的内容能在一切人的心中找到,带有普遍性,故称"集体无意识"。

白鹭》(载《诗刊》2018年7月号下半月)中的《总感觉有一条河流在无声地涌动》这首作品,则以"两条不同的河流"隐喻时间与自身,此诗中的时间主要是通过空间运动着的物体(比如诗中的"河流")的隐喻来实现的,写得巧妙而深刻。

诗人自身的文学素质是创作中必须具备的内在因素,那么其生活的地域特色则是创作中不可忽视的外在因素。因此,在其生活的环境中以及特定的情境下创作出来的许多诗歌必然会打上地域文化的烙印。比如长期被赣江和信江的水滋润的熊国太,对"河流"有一种特殊情感,只要在江河湖畔就会诗情勃发,他的《在恩江河畔致敬欧阳修》(载《草堂》2018年第3期),以开阔的精神视野和深刻的人生感悟抒发了其在恩江的"许我一饮千盅的万丈豪情",并将水的生命哲学融汇到这首诗作广阔的背景与文化的视野中。同样,也许是由于小时候生活在白马河流域,参加工作后生活在赣江流域的缘故,"河流"成为了王彦山在诗歌创作中经常出现的意象,并屡次将此作为创作题材进行抒写,他的组诗《河流七章》(载《南昌改革开放40年新诗选》江西高校出版社2018年10月)以及组诗《饮茶记》(载《诗刊》2018年8月号下半月)中的《大河书》这首作品,赋予了"河流"这一意象比较丰富的地域文化内涵。另外,他的组诗《暮春记》(载《星火》2018年第2期)和《生日,给母亲(外二首)》(载《扬子江》诗刊2018年第2期)以及组诗《南昌及其他》(载《四川文学》2018年第9期),则以"城市视野"对后乡村时代的个体命运进行了挖掘和透视。

临水而居,是人类亲近水的特性。水是万物之源,大自然之灵,无处不在无时不刻地影响着我们的生活。源远流长的中华文明,从它一诞生,就受到水的洗礼,并且在它的发展过程中,不断地受到水之清丽的滋润。因此,无论是从外在的形式,还是到内在的蕴涵,"河流"自古至今都不断地影响着诗歌的创作。"河流"不仅是诗歌创作中常用到的意象,更是许多诗歌创作中的背景。圻子曾在不同时期的创作中常将"河流"这个意象赋予诗行,并常使"河流"成为他的诗歌创作主题背景之一。比如他的组诗《圻子的诗》(载《扬子江》诗刊2018年第2期)和组诗《稀少》(载《诗刊》2018年5月号下半月)以及他的诗集《时光书简》(省作协"江西文学精品丛书第三辑",长江文艺出版社 2018 年 10 月）第七辑《河流、碎片与青苔》中的部分"河流"题材诗歌,这些作品与圻子其他题材的诗歌一样,不仅是创作形式的探索,也是创作意蕴的探索,这两者的结合不再是单纯的技术性操作,而是统一于现实主义的一种形式。绵江河是瑞金的母亲河,是圻子多年来在诗歌创作中涉及的有关"河流"的题材着墨比较多的一条河。但对于从小就生活在赣江边的万建平来说,"河流"的背景则坚定了他在《赣江物语》（黑龙江美术出版社 2019 年 3 月）这部诗集中以赣江为母题的认同感。他对这些与赣江有关的具象的意象和抽象的意象的深度描写,有着自己独特的理解和深入灵魂的透彻,抒写时率直而真诚,无矫揉造作之态。另外,钱轩毅的《就做一只简单的蜗牛》（载《诗刊》2018 年 8 月号下半月）和《在河边（外一首）》（载《星星》2018 年第 34 期）,与万建平一样在抒写"河流"及其相关事物的形象世界里,让作品充满了浓郁的生活气息,呈现出蓬勃而旺盛的生命力,同时"河流"也成为他们抒发情感的丰富源泉。

城市化语境下的后乡土写作,大部分带有批判城市化进程中出现的问题、依恋乡村自然形态等方面的特点,但还有一部分写作是凸显鲜明的"城市"意识,逐渐将诗歌写作的视角从乡村转移到城市,并逐步以乡村与非乡村介入"城市"的方式进行着诗意的组合,完成乡村与城市的写作转换。其中写作特点比较鲜明的有程维等诗人,如果说程维早期的诗歌写作的特点是将古典文学与日常阅读经验予以提升,且不断在其中融入个人情感、领悟、诗性等并通过语言与技巧固定下来,那么,不断地从个人走向现实社会,将自我与社会融合在一起并直接切入现实粗糙生活、正视当下人物命运、以人物命运质疑着现实存在、拷问世界则成为程维当前诗歌创作的一种状态。比如他的组诗《我是上帝派遣的卧底》（载《诗潮》2018 年第 8 期）,融入了历史意识和现实体悟,透射出对个体命运本质的揭示, 正如张清华于 2018 年 1 月 10 日在研讨会上对他的诗集《妖娆罪》评价一样:"把诗人与现实的紧张关系处理得张弛有度。他通过各种反讽、自我矮化、故意抑制的手法,通过老贼、哑巴等各种意象,完成了一个个奇妙的批判, 实现了个体与外部环境、历史与现实的有效对话。"另外,城市化语境下的诗歌写作重视叙事是聂广友、木朵、牧斯、曾纪虎等诗人的重要写作特征之一。比如聂广友的组诗《屋宇》(载《诗刊》2018年10月号上半月)、木朵的组诗《变形记》(载《草堂》2018年第12期)、牧斯的《陪妻子去陈山补记(外一首)》(载《星火》2018年第6期)、曾纪虎的《雷家村纪事》(载中国诗歌网"每日好诗"2018年10月23日),他们在诗歌中重视叙事,主要是以叙述内容的丰富性及其深度,以及语言的广度来表达自己对现实世界的观察和体悟。当然,他们这些作品的内在张力,则在一定程度上增加了阅读上的难度。

三、考验宏大叙事把控能力的长诗写作

长诗写作,是真正体现一个诗歌创作者在如何把控好重要或重大题材的处理能力方面的一项不可忽视的重要指标。对于长诗写作,只要是热衷于创作的诗人,都想去尝试一下。但是,长诗写作一般比较难把握,特别是现实主义诗歌写作,最难把控和驾驭。应该说,对当代题材的处理是长诗写作中的难点,其他题材在创作中操作起来可能会容易些。比如古代、近代、现代以及未来和幻想,这些本身就具有强大的文化冲击力和审美价值,相对来说处理起来会稍微顺手些。而现实主义诗歌创作中的题材和素材,却要求诗人必须深入生活、扎根基层,真正切入生活和经验本身,并从其中挖掘、筛选、提取诗意,有时甚至要求在创作的时候改变自己对"诗意"这一词的定义。在诗人创作过程中挖掘、筛选、提取诗意的同时,必须将提取的诗意赋予当下的现实生活和经验。因为现实主义长诗写作在处理当代题材过程中,是对一个诗人写作能力的真正考验,他们在创作的时候既无法援引已故前人的写作,也无法援引其他民族或其他国家诗人的写作,他们不得不独自去处理。所以,从某种意义上说,当代题材的现实主义长诗的写作难度应该是最大的。

对此,我们先以三子的叙事长诗《堪舆师之诗》(载《花城》2018年第5期)为例进行分析,该作品的发表也是近年来江西诗人创作成果中的亮点之一。该长诗"以远方堂叔这个乡村堪舆师的人生为叙事主线,透过堪

舆人本身的神秘与潦倒,透视山与水、生与死的秘数和未知,写出了风水堪舆这种古老文化中所承载的乡情与期许"①。长诗写得十分精致而纯粹,它没有描写复杂的情节和所谓的曲折故事,而是紧紧围绕着"堪舆师"的人生来展开叙述。根据叙事长诗的写作要求,诗人为了把创作情感激发出来,烘托诗作中的气氛,采用了反复渲染的写作手法,比如诗人在第一章第一小节与第九章第一小节进行渲染时,做到了同一描写对象的反复但内在的含义不重复,从而在反复的渲染中推进了叙事情节的发展,这是叙事诗的写作手法,也是这首长诗的特点。该长诗是三子的一次新的艺术探索。他试图把创作思路转移到另外一个方向,于是以长诗创作的方式把过去沉淀的东西激发出来。《堪舆师之诗》是一首书写中华传统文化与现代文明相冲突但又相融合的长诗,诗作的背景是真实的,表现的场景也是真实的,作品中的人物都是现实生活中真真切切存在的人。但是,对于现实生活中的一些人来说,愚昧与高尚、迷信与信仰总能在幻觉中弥漫。诗人在作品中的心理时间是自由而不断超越的,作品中的"我"有时又是多重的"我",以蒙太奇式进行叙述。由于现实主义诗歌写作不存在历史与现实的因果关系,因此诗人在长诗创作中把同一时代的事件处理在同一个水平线上。当然,这也是诗人在写作中曾经真正触及过现实生活中所发生的事件的缘故之一吧。

可喜的是,长诗的写作,是近年来江西许多诗人的一个重要尝试,长诗从而成为江西诗歌创作的重要收获之一。许多表现重要或重大题材的长诗作品也得到了江西省文联不同层次的大力扶持,其中受到"江西省文学创作重点扶持项目"扶持的长诗有杨景荣的《唐家庄纪事》、漆宇勤的《水土不服》、范剑鸣的《马说》,以及受到"'江西故事中国梦'江西文学重点扶持工程"扶持的长诗有赖咸院的诗集《一个人的安源》(含长诗《安源的乡村》)、谢帆云的《橙颂》等。目前,这些长诗在创作完成并顺利结项之后,均已陆续交由出版社正式出版。有的已经与其他作品一起结集出

①李倩倩. 三子《堪舆师之诗》编辑语[J]. 花城,2018(5).

版,有的以单行本的形式单独出版,有的在等待出版。

在江西省文联扶持的这些长诗创作中,除了范剑鸣的《马说》不属于现实主义诗歌写作的当代题材之外,其他受扶持的长诗均属于现实主义诗歌。范剑鸣的《马说》在获得省文学创作重点扶持项目扶持后,另收录到由赣州文艺精品工程资助出版的诗集《大地庄严》中。该长诗通过一匹马和一个军旅作家的故事,"描述了一匹军马的丰富阅历,见证了历史的奇异之处,融入更多对社会人生的观察和思考(范剑鸣)"。所以,严格意义上来说,长诗《马说》属于历史题材作品,而且是"用神话观察历史与现实(范剑鸣)"。虽然该长诗的创作与现实主义诗歌写作有融合,并"以长征胜利八十周年纪念和苏区振兴为背景",但不同的是,《马说》创作的背景是历史的、过去式的、虚幻的,尽管它的场景和事件等都是来源于历史与现实,但也是不完全真实的。因此,诗人在创作中对《马说》的人物和事件等采取"写意与写实"的方式进行处理,是准确而精到的。当然,这类题材比当代题材操作起来会方便一些,但也考验着诗人创作的功底。

当代题材的长诗虽然难写,但并没有阻挡江西诗人挑战难点的勇气,以及潜意识里萌生出的大胆创新、突破自我的写作信心。其中杨景荣的《唐家庄纪事》,在新乡土诗歌上做出了很有意义的探索,"大胆借鉴小说笔法,力求写出纪实性和在场感,力求写得好看"。他的长诗作品取材广泛,口语色彩非常浓烈,现场感强,冷抒情的味道浓郁。作品充溢着诗人对新时代生活的期盼与奋争,努力释放出新型江西诗人人格的升华。

漆宇勤的《水土不服》在出版前,为了表达自己"对于生他养他的城市的真实抒怀",正式定名为《我对你的爱萍水般绵长:关于一座赣西小城的抒情》(中国言实出版社 2018 年 1 月)。该长诗是以萍乡为书写对象,或许是因为出生地和工作地的缘故,所以诗人对赣西的关注是寻求自我永久的心灵故土。在作品中,我们可以感受到一种深厚的情感,正是这种情感创造了诗人的自我的诗歌地理语言。这种语言既属于诗人的个人写作经验,其中也无可置疑地汇聚了一种现实生活经验。于是,该长诗给人展示了地域空间对于定义诗人本身的作用。漆宇勤对赣西这块土地的描写在很大程度上就是对自己生活的抒写,而他对自己生活的抒写在某种意义上也就成为他对一个地方生活经验的一种传达。同时，从中折射出当地的文化底蕴和诗人的想象，体现出某种聚合性并被时间所记忆、超越某些地域诗作类型化的语言和修辞，以及风格和主题的经验范围。

而赖咸院在《安源的乡村》这部长诗中运用各种手法，把客观性的描述化为抒情性的渲染，并让自己的主观感受融汇到客观世界中去，使得描写的生活画面始终流贯着抒情的血液，从而使之具备感人的力量。而这种抒发的情感又是本真的，所以这首长诗的情感境界就显得非常美。王国维说："喜怒哀乐，亦人心中之一境界。"当然，"有真情实感方有真境界、真意境"。

近年来江西诗人在长诗创作中取得了比较好的成果，但创作中出现的问题也比较明显，主要有以下几个方面：一是停留在比较浅的层次上。有的作品过于拘泥于叙事情节的发展以及故事的曲折和精彩，对人物内心世界等方面缺乏深入的挖掘和诗意的提取，无论是对事件的描述，还是对人物形象的刻画，都给人一种好像是浮在水面上的浅层次的感觉。二是故事性与诗性相互融合有欠缺。有的作品过于注重长诗写作的故事性，却忽略了其本身的诗性；而有的作品注重长诗写作的诗性的时候，又忽略了长诗所必须具有的叙事性，从而导致两者之间不相融。三是创作技巧过于炫耀导致内容空洞。有的作品过于注重语言的华丽空灵，却忽视了长诗写作的叙事情节的谋篇布局以及故事精彩的拿捏运用等，使得作品技术过剩，内容空洞，思想不足。四是有的长诗的诗意连贯性不够或者缺乏一根主线贯穿整个作品，从而导致作品组诗化。五是有的作品的形式多样化不够和谐完善。六是有的作品的语言一般化甚至概念化，风格前后不统一。七是有的作品缺乏鲜明的个性和独特的艺术魅力，创作上显得比较粗糙。等等。

以上这些问题，或许指出来比较容易，但是要真正做到反思却要花费很长的时间和极大的精力。尽管站在理论的角度来看，无论什么题材的长诗都可以写，但在具体操作过程中却并非如此。当诗人面对这些大家都认为可以书写的事件时，创作中这些素材就有可能无法驾驭，更无法占有，当中最主要的原因可能就是诗人在创作的时候没有找到如何处理这些事件的写作方式以及运用语言的技术。因为任何一个创作题材都需要经过认真的消化和处理,而且最初的素材本身就必须都要上升到写作中的整体思路以及技术上的语言运用等中。

四、在争议声中坚定前行的口语写作

关于口语写作,一直存在着争议。特别是 2018 年的中国诗坛,最热闹的事件莫过于旷日持久的"口语诗"论争,导火线源自江西诗坛。当然,有争论才会推动文学创作的进步,才会推动诗歌向多元化发展。口语写作,其实就是"用口语的自然秩序来瓦解书面语的僵硬和造作"①。口语,一般是一种人与人之间的交流工具,起着一种媒介作用。但如果它是作为诗歌的一种形式出现,那么它就不能只是起到交流和传达的作用,而应该是一种文学体裁,是一种文化现象。所以说,"同任何语言一样,它本身便是一种文化现象。因为人是在语言中进行独特的发明和创造的动物,语言作为一种符号,是人的特征,它联系着人的思维结构、思维模式,而模式背后更深刻的东西是人的观念"②。口语诗要打破常规,但是"如何打破"的背后,仍然有着一定的模式和观念。运用不同的口语,便表现出思维模式乃至观念的差异,这也是区别"口语诗"与"口水诗"最重要的一个方面。因为"口语诗"是诗,是有内在结构和模式的,也是有技术和难度的;而"口水诗"不是诗,只是一般语言的简单分行,没有诗必须具备的要素。比如阿斐的《圣餐》(载《江南诗》2018 年第 2 期),不是口语的简单分行,而是有着诗歌内在的节奏感。又比如他的《与老友蒲荔子夜饮九溪》这首作品在技术上采用了复沓,这首诗作比较长,以诗句"必须是这样"进行反复地渲染,使得作品中的情感得到进一步加强。还有《骑行在冬日城郊》这首诗:"一个像奶奶 / 一个像去世的外婆 / 一个谁也不像 / 一个

---

①李怡. 论穆旦与中国新诗的现代性特征[J]. 文学评论,1997(5).
②程文超. 寻找一种谈论方式——"文革"后文学思绪[M]. 广州:中山大学出版社,1997:52.

佝偻着背""一家小卖部／一把椅子／一只板凳／一条狗"等,以"一个……"进行排比铺陈。另外,有的诗作还采用通感等创作艺术手法,比如《夏夜电影》这首作品"我坐在沙发上／看见鸣虫的声音／变成一幕昨日的电影／在窗玻璃上放映",在这里,诗人把听觉"移觉"到视觉。等等。

在江西,口语写作有着广泛的群众基础,因此出现了一批热衷于口语写作的诗人。目前比较有代表性的口语诗人有:南昌的杨瑾、老德、水笔、庞华、舒琼、李晓水、落莎、原上飞、丽丽周、毛鸿山、唐纳、马梦、野草生等,九江的阿斐、光头、冷先桥等,上饶的胡锵、宇迅等,赣州的刘傲夫、温永琪等。

南昌,作为江西诗坛口语写作的大本营,有一个显著的特点:不同的诗学主张被陆续提出。比如杨瑾提出的"无限制写作",老德提出的"伪先锋写作",以及庞华提出的"无诗意写作"等诗学主张。

杨瑾提出的"无限制写作",这不仅仅是在观念、形式、手法和趣味上的不同,而且还是诗人生活的方式、对待新诗的方式、创作新诗的方式与当前一些创作观念根本上的不同。新诗领域和新诗本身出现了完全不同的写作主体,有着根本差异的诗人,意味着新诗创作的多样化。他的诗在构思这个核心问题上,赋予了个性化情感和个性化节奏、韵律与形式。比如他的《鲲鹏将扶摇直上》《众鸟归林》《雨声》(载《诗潮》2018 年第 4 期),描写的都是现实生活中看上去平淡无奇的人和事或者场景,表面的平常独立让位于对平时生活的细微体悟,作品中朴实的情感与创作的技巧非常自然地交织在一起,构成了诗作的简单朴素,并由此凸显出一种淳厚和感人的诗歌意境。阅读他的诗,可以在作品中发现自己,从而产生共鸣。因为在诗作中既有一种跟大家不一样的独具匠心的艺术品质,却又是简单朴素而安宁平和的,更重要的是,它还是一种能够深入读者心灵的诗。

老德提出的"伪先锋"诗学主张,以及庞华提出的"无诗意写作"诗学主张,带给我们的是一种原始的冲击力。当然,老德、庞华以及水笔、落莎、李晓水、唐纳、冷先桥等人的"口语诗",不管是否认同,都应该承认这些远离主流的诗人本人的体验反映了某个时间段的生活特质。正是有了像老德这样的一群诗人以赤裸裸的方式将自己的内心世界毫不掩饰地展示出来,才使得我们由此反观主流诗人和现实主义规范中的新诗所反映的社会生活,其实只是一种被既定符号秩序整合过的一体化的生活。主流诗人虽不乏其个人体验和对个人生存方式的关怀,但意识形态的创作原动力总是来自于对缪斯的敬仰和对真理的感悟,以国家民族的大问题为旨归,个人的生存有意无意地被遮蔽。这一群诗人的诗作不矫饰,不卖弄,而且刻意地在躲避语言的修饰。他们的"口语诗"从开始到结束,句子都比较短,而且都很完整,就算有特别长的,也会断开成两行,不过连接起来就会很饱满。比如老德的《1899年》(载《诗潮》2018年第12期)、李晓水的《缩骨功》(载《诗潮》2018年第4期)、冷先桥的《爱情与挽歌——致LXJ之二》(载《诗潮》2018年第12期)等。当然,诗作中的句子连起来,不是像树权那种分支然后连接的,而是先简单再复杂,先零散再集中。然而,就是这样既简单复杂而又自然集中的诗行,让人反而感觉更为真实,更加朴拙。

江西诗坛热衷于口语写作的诗人除了大部分集中在南昌之外,赣州的刘傲夫、温永琪和上饶婺源的胡锵、宇迅等几位也是江西口语写作表现比较突出的代表性诗人。值得一提的是,刘傲夫的《与领导一起尿尿》(载《新世纪诗典·第六季》浙江人民出版社2018年6月)这首备受争议的诗成为了引发2018年中国诗坛关于"口语诗"论争的导火线。刘傲夫的创作量比较大,几乎每天"专注于口语诗的研习和创作,全力进行诗歌语言的口语化、生活化,诗歌意识先进、独到"。他的诗作现场感非常强,基本上是日常生活的诗意研习,比如他的《刘傲夫的诗》(载《诗歌月刊》2018年第2期)、《消失的村庄(外二首)》(载《诗选刊》2018年第4期)、《情诗(外一首)》(载《星火》2018年第6期)、组诗《刘傲夫诗歌一组》(载《创作评谭》2018年第6期)等。而温永琪作为"随主义"的发起人,他的诗歌则以阳刚、犀利、凌厉见长。比如他的《趣味》(载《诗选刊》2018年第7期)等诗作。

至于上饶婺源的胡锵,他的口语写作基本上是在正视世界本体的前提下去确立自己对个体命运以及人生的思考,比如他的组诗《决定》(载

《扬子江》诗刊 2018 年第 5 期）。诗人的成长,尽管有迷茫,也有彷徨,为美丽的梦被打碎而痛心而伤感,也许有时甚至表现出失望或绝望,但诗人心中对生活美好的向往是一直存在的,诗人始终没有放弃对美好生活的执着追求。所以,胡锵的"口语诗"大部分的色调是为美好的失落而忧伤。其中诗人在组诗《决定》中具有张力的复杂的情感基调便决定了他们的思维模式和语言的运用,比如力图捕捉那些肆意组合对立的复杂的意象,诸如"黑鸟"与"白棋"等,以此来增强"口语诗"语言的表现力。同时,诗人以自己的观念看世界的思维模式也决定了他的"口语诗"的语言表现。

严格意义上来说,江西诗坛"口语诗"写作的除了文章中提到的那些具有代表性的诗人之外,还有许多以"日常生活"记录的形式默默在写着,同时也有许多诗歌写得比较好的诗人,也有部分"口语诗"作品。当然,"口语诗"写作也带来了"泥沙俱下"这个最重要的问题,特别是"口语诗"与"口水诗"不分,让真正的"口语诗"写作背负着许多骂名以及被读者调侃的尴尬。不可否认,也有许多"口语诗"的写作停留在浅显的层次,这些所谓诗作创作出来之后显得干瘪而寡味,阅读后没有醇厚的回味快感,让人总是过目而忘。

随着新诗发展不断向前,2018 年的"口语诗"论争,无非是在这个多元化且新旧转换、循环并存的新时代,处于语境建构之中一种奇特而又微妙的无名之境。无论是"口语诗",还是其他诗歌,这一时期的创作的个人化倾向,都是在努力让创作达到内心思考与时代现实融合统一,并建构起自己的精神主旨和文化内涵。当然,这也只是一个时代的印记,是这个时代诗歌存在的一种形式,但它既不是主导这个时代的诗歌形式,也不可能成为诗歌唯一的走向。我也预测,在未来很长的时间里,诗歌的多元化发展依然是多元融合、多元创新,这也必然是未来诗歌发展的一种趋势。